お伊勢参り

情け深川 恋女房

小杉健治

時代小説文庫

角川春樹事務所

目次

第一章　かどわかし

一

例年より少しばかり遅い桜が、対岸の向島《むこうじま》の隅田堤《すみだづつみ》に咲き始めた。

小間物屋『足柄屋《あしがらや》』の与四郎《よしろう》は、花川戸《はなかわど》を過ぎ、竹屋《たけや》の渡し場に差しかかった。

ようやく春が訪れたと、与四郎は目を輝かせた。この季節は物がよく売れる。特に、花見に行くからと、小間物を新しく揃《そろ》える商家の内儀や娘たちが多い。

隅田堤はまだ二分も咲いていないが、気の早い良家の娘たちが新しく拵《こしら》えた晴れやかな振《ふ》り袖《そで》で、渡し船に乗り込んだ。

通り過ぎる大工風の男たちは、

「桜の花より、ものいう花が綺麗《きれい》だと思わねえか」

「まったくだ」

「そういや、吉原《よしわら》の馴染《なじ》みからも桜が咲く前に来てくだしゃんせと言われてたな」

「今晩あたり、行ってみるか」

と、声を弾ませていた。

大川《おおかわ》に目をやると、川面《かわも》には屋根船がいくつか浮かんでいた。茶屋の紋を染め抜いた幕を張って、中から三味線《しゃみせん》や太鼓の軽やかな音を出している。

ここ数年は以前に比べて、そのような遊び方をする者は減った。

天保《てんぽう》になってから冷害が続き、米不足のせいで、景気が衰えている。それでも、金はあるところに集まり、以前に増して豪奢《ごうしゃ》な暮らしをしている。貧しい者は余計に身を切り詰めなければならない。庶民の間でも、不満がたまっているようだ。

与四郎は、今戸橋《いまどばし》を渡り、やがて慶安寺《けいあんじ》についた。

すでに人が集まっている。

ここで、古着市をやる。

市といっても、ほとんどが譲りうけた着物をただ同然で配る。年頃《としごろ》の娘に着物を拵えてやれないという者たちの声をうけて、佐賀町《さがちょう》に剣術道場を構える日比谷要蔵《ひびやようぞう》の元で師範代として教えている横瀬左馬之助《よこせさまのすけ》が慶安寺の住職に相談してやることになった。

剣術道場の建物はまだ出来上がっていないが、仮小屋の道場で稽古《けいこ》をはじめていた。

横瀬はかつて養女に出した娘がいるので、なにもしてやれない親の気持ちが痛いほどわかるという。これは施しではなく、自分が娘にしてやれなかった分だ、とやけに張り切っていた。

横瀬に賛同する者は多く、与四郎もそのうちのひとりだ。女房の小里《こざと》との間に、子どもはいない。一度、妊《はら》んだことがあったが、流れてしまった。だが、店には十五の小僧、太助《たすけ》がいて、我が子のように可愛《かわい》がっている。親心に似たものはわかっているつもりだ。貧しい年頃の娘たちに、櫛《くし》や簪《かんざし》のひとつでも持ってもらえたらと、方々を回り、小間物をもらってきた。

慶安寺の本堂に入ると、着物が途中まで並べられていた。横瀬や、住職、地元のおかみさんたちが手伝っていた。

「遅くなりました」

与四郎は頭を下げた。

「足労をかけたな」

横瀬が労《ねぎら》う。

「まあ、大変なお荷物ですこと」

地元のおかみさんのひとりが寄ってきて、与四郎の手から小間物が入った箱のふたつを取った。続いて、他のおかみさんがもうふたつ。普段と違い、今日は箱を五つも持ってきた。

「さすが、足柄屋さんですな」

七十過ぎの住職が、掠《かす》れた声で褒める。

「いえ、横瀬さまがこのような素晴らしいことを考えてくださったので、皆さんが賛同してくれただけですよ」

与四郎は、横瀬に目を遣《や》った。

横瀬は恥ずかしそうに目を伏せて、「拙者ひとりだけだったらできないことだ」と低い声で答えた。

「さあ、並べるぞ」

横瀬が仕切った。

無骨だが、心根は優しい。

小僧の太助は、日比谷要蔵のところで剣術を習いたいと言いだし、与四郎も許した。太助の話によると、横瀬の教え方がうまいようで、剣術の腕がかなり上達している。今度、深川《ふかがわ》で剣術の大試合があるので、それに出たいというほどであった。

横瀬は口下手だが、かえって信頼できる。

黙々と、品物を並べている。手先も器用でないと見えて、だいぶ手間取っているが、雑に扱うことはなかった。

四半刻《しはんとき》（約三十分）ほどすると、本堂に五十過ぎの色の浅黒いがっちりとした男が現れた。

皆が、「親分」と声を上げた。

与四郎が顔を向けると、千恵蔵《ちえぞう》が立っていた。元岡《おか》っ引《ぴ》きで、いまは今戸神社の裏手で寺子屋を開いている。もっとも、何かことがあれば、寺子屋を休んででも、それに立ち向かっていく。

千恵蔵は与四郎に近づいてきた。

軽く手をかざして、

「なにやら、市を開くと聞いてな」

と、声をかけてくる。

「小里が言っていましたか」

与四郎は女房の名前を出した。

「ああ。どうして言ってくれなかった？」

「親分はお忙しいと思いまして。それに、足も悪くされているので」

「なに、もう治ったから平気だ」

千恵蔵は元気そうに、その場で足首を回して見せてから、

「俺《おれ》は何もできねえが、近所のものたちに話したら、食い物を譲ってくれてな。今から、八百屋や魚屋の御用聞きが大八車で、ここまで運んでくる」

と、言った。

少し経《た》ってから大八車が三台でやってきた。

その間に、客は入り始めた。

市にやってきたのは、ほとんどが所帯持ちの女であった。着物や小間物は飛ぶように売れ、食べ物も有り難がって持っていく者たちが多かった。一刻（約二時間）ほどで、八割方の売り物はなくなった。

それなのに、客は次から次へと押し寄せる。

近くに住む者だけでなく、中には神田《かんだ》、日本橋界隈《にほんばしかいわい》から、わざわざ足を運んでいる者もいた。

与四郎や小僧の太助が、荷売《にない》りの時に、「もし宜《よろ》しければ」と声をかけていたからかもしれない。顔見知りの者から、初めて見かけるような者まで様々であった。

また知り合いの商人たちも顔を見せてくれた。日本橋本石町《ほんごくちょう》三丁目にある薬種屋で、オランダ商館長が江戸に滞在する際に宿として利用する『長崎屋《ながさきや》』の番頭も顔を

出してくれた。

「まさか、お越しくださいますとは」

「うちの旦那《だんな》は、足柄屋さんが好きですから。何か力になることができればと」

番頭は十両を包んで渡した。

すでに、この市を開くにあたり古着や、食材などの寄付をもらっている。

幕府御用達《ごようたし》の薬屋であるから金回りがいい店ではあるが、それ以上に、旦那の源右衛門《えもん》が与四郎に親切であった。

「そんなことまでしてもらっては」

「世の中の役に立つことであれば、旦那は喜びますから」

「では、ありがたく頂戴《ちょうだい》します」

与四郎は受け取った。

それだけ済むと、番頭はすぐに帰っていった。

山門まで見送り、「また近いうちにそちらへ伺います」と本堂に戻ってくると、ふとある若い女が気になった。

その女は赤子を背負っており、二十歳《はたち》そこそこだ。

初めて見る顔だった。

手にはいくつか着物や小間物、それに野菜を持っている。やけに、目がきょろきょろしていて、怯《おび》える様子であった。

辺りを見てみると、千恵蔵もその女に鋭い目を向けていた。

与四郎は千恵蔵に近づき、

「あのひとですが」

と、呼びかけた。

「ああ、持ち逃げするだろうな」

「声をかけましょうか」

「まだやってもいねえのに、声をかけるのはまずい」

「ですが」

「待とう」

「あんなにたくさん物を持っていて、走って逃げる途中に転びでもしたら……」

女自身もそうだが、背負っている赤子が心配だ。

荷物を持ってあげる振りをして、こそっと話してみようと、千恵蔵が提言した。

「なら、私にさせてください」

「俺だと信頼できねえか」

千恵蔵が半ば冗談っぽく言う。だが、目は笑っていなかった。

「そうではありませんが……」

与四郎は続く言葉が出てこずに、女に向かった。

女はびくっとした。逃げ出すことはなかった。

「よろしければ、お荷物をお持ちしましょう」

「……」

「重たいでしょう。お子さんもいることですし。向こうで預かっておきますので、勘定のときにお声掛けください」

与四郎は伝えた。

「いえ、結構ですよ」

「ご遠慮なさらずに」

「もう帰りますから」

「ちょっと、待ってください」

与四郎は優しく女の肩に手を乗せた。

「向こうでお茶を用意しています」

「えっ」

「せっかくですから召し上がってください」

咄嗟《とっさ》に言葉が出た。

ちょうど、本堂の端の目立たないところで住職が茶を啜《すす》っていた。与四郎はそこに連れて行き、

「お茶を差し上げてくださいませんか」

と、住職に頼んだ。

目配せをすると、住職も何かあると察したらしい。

「ええ、すぐに淹《い》れてきましょう」

住職は一度、その場を離れた。

「お急ぎではありませんか」

「はい」

「よかった。少し落ち着かない様子でしたので」

「いえ、それは……」

女は焦ったように、口ごもる。目を合わせてくれない。

住職が戻ってきた。

「どうぞ」

湯気が立っている茶を女に差し出す。

「ありがとうございます」

女は頭を下げた。だが、茶には手を伸ばさなかった。

「何かお困りのことがあれば、相談に乗りますよ」

与四郎は投げかけた。

「……」

女はうつむいたままだ。

小僧の小遣いでもいくつか買えるほどの値段なのに、それを盗もうとするのには、余程訳がありそうだ。目鼻立ちがはっきりしている顔に、どこか苦労の陰が見える。

何よりも、覇気のない目をしていた。

なんと言おうか迷っていると、

「お前さん、物を盗むのはよくありませんよ」

住職が小さな声で優しく諭した。

「……」

「悪いひとには見えないね。どんな事情があるのか言ってごらんなさい」

女は黙っているが、住職は微笑《ほほえ》んで女を見つめた。

「世の中、助け合いで成り立っているんだ。お前さんがひとりで苦しむ必要はない。私たちが助けられることもあるかもしれないから」

「ごめんなさい」

女は謝った上で、事情を話した。

二年前、半ば親に売られたような形で、日本橋駿河町《するがちょう》にある呉服屋の女中になった。女中といっても、妾《めかけ》のようなものだ。

そして、すぐに妊んだ。

旦那は子どもが生まれるまで、向島の庵《いおり》で養生させてくれたが、子どもが女児だとわかると態度が急変して、女は子どもと共に追い出されたそうだ。

「なんて、ひどい……」

与四郎は怒りを覚えた。

だが、住職の表情は変わらない。

すべてを包み込むかのように、柔らかい表情をしている。

「頼るところが、どこにもなかったのかい」

住職がきく。

「いえ、向島に親戚《しんせき》がいます。それで訪ねてきたのですが……」

女は躊躇《ためら》ってから、

「迷惑だからと追い払われて」

「それで、この子とふたりきりで」

「いけないとわかっていましたが、ここから少し離れた無人寺で野宿をしていました」

女は頭を下げたまま言う。

「それは、いかんな」

住職は首を捻《ひね》る。

「でも、どこに泊まるお金もありませんし……」

「そういうことなら、ちゃんと訳を話せば、泊めてくださるところもあろう。なんなら、初めからここに来れば、当てができるまで泊めてやることもできたし、食べ物に困ることもない」

「そんなことまでしてくださるのですか」

女は驚いたように言う。

「当然じゃ。なにも、金儲《かねもう》けで住職をしているわけではない。うちは阿弥陀如来《あみだにょらい》をご本尊としておる。阿弥陀如来は大慈悲といって、苦しむすべての人を救ってくださる。

お前さんも、苦しむことはないのだよ」

住職は淡々と語りかけた。

ふと、女が顔をあげる。そして、悔いるように、「申し訳ございません」と頭を下げた。

与四郎はその姿を見ながら、

「これから大変でしょう。私がこれを買って差し上げますから」

と、言った。

「そんな」

「聞いている様子だと、住むところがなければ、着替えもないのでしょう。それに、ろくに食事もしていないのでは？」

「え、ええ……」

「なにが辛《つら》いって、寒さと飢えですよ。私も十二歳で足柄から江戸に奉公に出てきて、その時に斡旋《あっせん》してくれた者に騙《だま》されて、道中でひとりにさせられました。そのときに、たった数日間ですが、辛い思いをしました。そのことを思い出すと、助けたくなるのです」

与四郎は言い聞かせ、

「ですから、受け取ってください。それに、ひとりで赤子を育てるのも大変でしょう。どこかいい長屋を見つけてあげますから、それまではここにお世話になったらどうですか」

と、促した。

「なんのお咎《とが》めもなしに、そんな親切なことまで」

女は再び深々と頭を下げた。声がわずかに震えて、瞳《ひとみ》の奥が濡《ぬ》れている。

「住職、それでよろしいですか」

「ああ、構いませんよ」

住職はゆっくりと頷《うなず》いた。

困っているひとたちのためにと、与四郎は『長崎屋』の番頭からもらった十両をそっくり住職に渡した。住職は与四郎に向かって深々と頭を下げた。

二

与四郎が『足柄屋』に戻ったのは、茜《あかね》色の空と暗闇《くらやみ》が混じりあった頃であった。昼間は暖かいが、夕方を過ぎるとまだ肌寒い。

新調した真っ白な生地の暖簾《のれん》は掛かっていないが、帳場には算盤《そろばん》や帳面が出しっぱなしになっている。几帳面《きちょうめん》な女房の小里が、途中まで片付けて、放《ほう》っておくことはない。

飼い犬のシロが、早く上がれと急《せ》かすように鳴いていた。

嫌な予感がした。

慌てて履物を脱いで、廊下を奥に進む。自分の足音がいつもより大きい。

ふと、居間から太助の声が聞こえる。

慌てて、居間へ行った。

座布団を三枚ほど重ねて背もたれにして、苦しそうに足を伸ばしている小里の姿が目に飛び込んできた。

その脇《わき》で、太助が薄目になっている小里に水を飲ませていた。

「あ、旦那さま」

太助は与四郎に気づいて、声をあげた。

「どうしたんだ」

「急にめまいを起こして。腹痛もあるそうで」

与四郎は小里の横に腰を下ろして、腹をさすった。

小里は余計に痛かったのか、腹をよじるように、与四郎の手を避《よ》けた。いつもなら、何かしらの言葉を返してくるが、それもないほどに辛そうだった。

「お医者さまを呼んできます」

太助が走った。

その間、与四郎はただ見守り、声をかけるしか他になかった。

小里の目がさっきよりも開いて、

「お前さん、迷惑かけてごめんなさいね」

と、告げた。

「なに言っているんだ。前に子どもが流れたことがあったろう。あれが原因じゃないかって」

「私は逆だと思うの」

「逆？」

「体に何か悪いところがあって、流れてしまったのではないかしら。ここのところ、たまにふらついたり、お腹《なか》が痛くなることがあって。少し休めばなんとかなるのですけど、同時に来てしまったので」

小里は言い終えてから、深く息をした。

やがて、医者がやってきた。

小里は起き上がろうとした。

「無理しちゃいけないよ」

そのままにさせ、さっきの説明を小里に代わって与四郎がした。

「ちょっとよろしいかな」

医者は小里の帯を少しあげ、腹部の右下を人差し指と中指でゆっくりと押した。

何カ所か押したあと、

「しこりがあるような。それも、少し大きくなっていますな」

と、ぽつりと言った。

「しこり？　大事に至らないんですか」

与四郎は思わず前のめりになった。本人よりも、与四郎の方が焦っていた。

「なんとも言えんのですが、しこりがあっても命に別状がない人もいれば、それが原因かもしれないことで亡くなる方もいないわけではありません」

「それがもとで……」

「ほとんどの場合は、そんなことありませんから」

「でも、そういうことも少なからずあるということですか」

「まあ」

与四郎は、横たわる小里に目を落とした。口をぎゅっと結び、

「私が以前に診たことのあるおかみさんは、これよりもうんと大きいしこりがありましたが、特に不自由することもなかったですよ」

「そうですか」

与四郎は心配したままであったが、小里は少し安心したようであった。

「まだ、どのような薬が効くというのがわかっていませんが、とりあえず、後で持ってきますから」

医者はそう言い残して帰って行った。

小里はもう立ち上がれるほどにまで回復して、土間まで見送りに出た。

居間に戻ると、太助が待っていた。

「そういや、横瀬さまのところは？」

与四郎は思い出したようにきいた。

「今日はお休みします」

太助は諦《あきら》めた顔をする。

「横瀬さまはもう今戸から道場に戻っているはずだ」

「いえ、いいんです」

「大試合だってあるだろう」

「そうですが……」

「行ってきなさい」

与四郎は命じた。

「ご迷惑じゃありませんかね」

太助が申し訳なさそうな顔をする。

「そんなことはない。横瀬さまもお前さんが日々上達しているから、他の門弟よりも目をかけているそうだ」

「本当ですか」

太助の声が弾む。

「だから行ってきなさい」

与四郎は再び命じた。

「ずっと、付き添ってくれてありがとう」

小里が礼を言う。

「はい」

太助は元気よく返事をして、急いで『足柄屋』を出て行った。

「あの子は元気ですね」

「まだ若いからな」

「なにかやる気に満ちているというか」

「そういう年頃なんだろう」

与四郎は答えてから、

「それより、今日、千恵蔵親分と会った」

と、切り出した。

「慶安寺の市に行ったんですね」

「小里から聞いたと」

「ええ」

小里は当然のように頷く。

すぐに、与四郎の顔を見て、

「親分に言っちゃいけなかったですか」

と、きいてきた。

「そういうわけではないが」

「親分のことを、少しは好《よ》く思ってきたのかと思っていましたが」

「嫌いじゃない」

「苦手なんでしょう？」

「違う」

「でも……」

「小里に少し親切にし過ぎじゃないかと思っているだけだ」

「親分が私に下心あるわけないじゃありませんか」

「そりゃあ、わかってる」

言葉にうまくできないが、ただ何となく千恵蔵のことを素直に受け入れられないでいる。

「信じられませんか」

「いや」

「お前さんは真面目《まじめ》で結構ですけど、時にはたがを外して、すべて受け入れることが必要だと思いますよ」

「だから、信じていないわけではないよ」

「そうでしょうか」

「今までも、何度も私たちを助けてくれたし、本当に感謝をしている。方々でも悪い噂《うわさ》を全く聞かないし、すごいお方だとは思っている」

与四郎は息を継いだ。

「だけど、なんでそんなに小里のことを気にかけるのかが不思議でならないんだ。何か訳があるはずなのに、それを言ってくれない」

「訳があろうとも、悪い訳でなければ、私は気にしません」

小里は毅然《きぜん》として言う。

「ただ、もやもやしてならないんだ」

いつもこの話題になるが、結論は出ない。

千恵蔵はいい人だから、何があっても、あの人のことは信じているという小里の姿勢には、与四郎は慎重になっていた。

「それに、新太郎《しんたろう》親分だって何か知っているはずなのに、答えようとしないだろう。どうも、引っかかって……」

与四郎は首を捻った。

新太郎は、元々千恵蔵の手下で、いまは千恵蔵の後を継いでいる岡っ引きだ。新太郎は鳥越《とりごえ》神社の近くに住んでいて、千恵蔵ほどでないにしても、よく『足柄屋』に顔を出している。

新太郎のことは、特に引っかからない。やはり、千恵蔵が小里にかける親切心が気になるのだった。


翌朝、与四郎は『足柄屋』の店番をして、荷売りには太助を出した。出かける前、太助には昨日、慶安寺で物を盗もうとした女のことを伝えておいた。

「ちょっと、様子を見に行ってやってくれ。もし、元気そうであったらこれを」

与四郎は紅を出した。安価で、近頃若い娘によく売れる代物だ。

「これを差し上げるのですか」

「まだ若いのに化粧っ気がなかった」

「でも、そんな人はたくさんいますよ。昨日会ったばかりの人に、そんな親切を……」

まるで、甘やかしてはいけないとばかりに、太助は口をすぼめる。

「そうだが、ちょっと可哀想《かわいそう》じゃないか。今まで、あまりいいことがなかったようだ。紅を差したら、それだけで心も弾むってものだ」

「それはわかりますが、その女は物を盗もうとしたんですよね」

「仕方がない事情がある」

「でも、やって良いことと、悪いことの分別がつかないような人は、旦那さまが情けをかけても、きっと裏切られますよ」

太助は言い返した。

それを聞いていたのか、小里がやってきて、

「その娘は改心するでしょう。あの住職がよく言い聞かせているでしょうから、お前さんがそんなに気遣ってくれる必要はないんだよ」

と、優しい口調で言った。

太助はまだ納得できない様子であったが、それ以上は言い返さなかった。

それよりも、

「お内儀《かみ》さん、お体は？」

と、太助はきく。

「ちょっとめまいがあるけど、ゆっくり動けば平気さ」

「でも、休んでいた方がいいですよ」

「まったく、お前さんは近頃ひとのお節介ばかりで。まるで、この人のようじゃないか」

小里が冗談めかして、与四郎の肩を軽く叩《たた》く。

「私は最低限のことしかしないよ」

与四郎が言い返す。

太助と小里は、互いに顔を見合わせて苦笑いをする。

「ともかく、それを届けてあげなさい。別に、ずっとその人のことを面倒みるわけでもないから」

与四郎は太助を送り出した。

太助が去ってから、

「でも、お前さんもお人好し過ぎますよ」

と、小里が言う。

人として、当たり前のことをしたまでだと、足柄から江戸に出てきたときのことを引き合いに出した。小里はいつも聞いているというように、軽くいなす。

「さて」

与四郎は店を開ける準備に取りかかった。

夕方になり、太助が戻ってくると、与四郎は日本橋本石町三丁目へ赴いた。

『長崎屋』の旦那、源右衛門に礼をするためだ。

この店は、薬用の唐人参《とうにんじん》を専売するための座に定められ、オランダ商館長が江戸へ参府する際の定宿にもなっている。そのこともあり、江戸における舶来品が集まり、蘭書《らんしょ》などをここで手に入れる者たちも多い。

だが、表だってここで舶来品の売買を行っているわけではなく、長崎屋の旦那が知り合いにのみ、オランダ商館に頼んで商品を仕入れているに過ぎない。

与四郎がまだ自分の店を持つ前からの知り合いである。

土間に入ると、番頭が待っていたとばかりに客間へ通してくれた。

すぐに、源右衛門がやってきた。でっぷりとした大きな顔で、眉《まゆ》と目が八の字に下がっており、人の好さが表れている。

「昨日は、ありがとうございました」

与四郎はまず礼を述べた。

「なんのこれしき」

源右衛門は笑い飛ばしながら、もっと力添えができればよかったと言っている。

「あれほどのことをして頂けたら、もう十分にございます」

「いやいや」

源右衛門は首を振ってから、

「時に、近頃は忙しいか」

と、語尾を下げるように話題を変えた。

この男の癖で、他のことをききたい時、もしくは何か頼み事があるときに、まずはそのようなことを口にする。

「手に入れてもらいたいものがある」

源右衛門は少しためらってから言った。

「なんなりと」

与四郎は笑顔で答えた。

たいした事はない。

今までにも、源右衛門から何度も似たような依頼は受けている。舶来品や薬などは大抵、手に入れられるが、小間物などの買い付けはしていないため、与四郎に頼む。オランダ商館長や、その従者などから本国の家族や、日本人の妾への贈り物を調達して欲しいと頼まれることもあるそうだ。

他にも数多《あまた》の小間物屋がいるが、与四郎は昔からの縁故ということで、手間賃を取らない。

「一体、どんなものです」

「虫眼鏡なのだが」

「虫眼鏡？」

「このようなものだ」

源右衛門は懐《ふところ》から紙を取り出して、広げた。そこには丸いガラス板のようなものに柄のついた図と見慣れぬ文字が並んでいる。

おそらく、オランダ語であろう。

「これは、舶来品なのではありませんか」

そうであるなら、与四郎には手に入れることが難しい。それより、自身で仕入れた方が早そうだ。

そんなことを考えていると、

「少し前まではうちにふたつあったのだが、ふたつとも売ってしまった。だが、これをお買い求めになりたいというお客さまがいらしてな」

「オランダの方で？」

「いや、幕府の旗本だ。草花がお好きで、この虫眼鏡を使ってみたいと仰《おつしや》ってな」

他の舶来品を取り扱う店に掛け合ってみたが、江戸中どこを探してもないという。

「それなら、私も探しようが……」

「この虫眼鏡を持っている方に頼んで欲しい」

「買い戻すと？」

「ああ」

源右衛門は苦い顔をした。

売った手前、自分の口から返して欲しいということはできないという。

少々、面倒になりそうだ。

しかし、源右衛門に困った顔で、

「やってくれるか」

と、頼まれたら断ることはできなかった。

「お役に立つかわかりませんが」

与四郎は控えめに答えた。

「恩に着る」

源右衛門は与四郎の手をぎゅっと握った。と、同時に、安堵《あんど》の顔を見せる。

「買い戻すにあたり、上乗せして金を払うつもりだ」

まだ買い戻せるかわからないが、源右衛門はもう出来るものと思い込んでいるらしい。

「それで、その虫眼鏡を買ったのが、お前さんもよく知る天文方の渋川《しぶかわ》さまなのだ」

幕府天文方の渋川景佑《かげすけ》のことだ。父は天文方の高橋至時《たかはしよしとき》で、次男であったため、同じく天文方の渋川家に養子入りした。

渋川家は、初代春海《はるみ》の頃より天文方であったが、当主の早世や養子縁組が相次ぎ、天文学を受け継いでおらず、名目ばかり天文方という地位であった。それを挽回《ばんかい》するために、高橋家から景佑が養子に迎え入れられた。

与四郎とは五年来の知り合いで、シーボルト事件により、景佑の兄が捕らわれ、なんとか縁座を免れたが、幕府からの厳しい監視の目にさらされていた。

そんな折りに出会った間柄で、与四郎は御用聞きのような役割をしていた。景佑の実力は幕府でも認められ、現在では幕府からの信頼も回復してきている。

「渋川さまがお求めになられたのであれば、学術でお使いになるものなのでは？」

「そうかもしれぬ。だから、余計に難しいのだ」

源右衛門は言い放った後、

「あとは、北斎《ほくさい》先生」

俗に葛飾《かつしか》北斎の名で知られる絵師である。数多の改名歴を誇るが、このときには画狂老人という雅号を名乗っている。

太助がかつて親しくしていた娘が、北斎の弟子になっていることから、多少の顔なじみ程度であった。

「このふたりだ」

源右衛門は言った。

「では、おふたりを当たってみます」

与四郎は『長崎屋』を後にすると、翌日には荷売りに出て、その次いでに当たってみた。

まずは、渋川が勤めている頒暦所御用屋敷《はんれきじょ》を訪ねた。以前は、牛込藁店《うしごめわらだな》にあったが、天明《てんめい》二年（一七八二）に浅草片町《あさくさかたまち》裏に移転してきた。

俗に浅草天文台と呼んでいる。

与四郎は門前で空を見上げていた役人風の男に声をかけた。

「渋川さまにお目通り願えますか」

与四郎は名前と住まいを告げてから、取り次ぎを頼んだ。

「待っていなされ」

役人は思案顔のまま、中に入っていった。

しばらくすると、渋川が出てきた。

五十過ぎで、額が狭く、目の離れた男がやってきた。ぼんやりした顔をしているが、頭のよさは少し話せばわかる。

「久しぶりだの」

渋川は微笑んだ。

「ご無沙汰《ぶさた》しております。お変わりございませんか」

「ああ、幕府の命で翻訳をしたり、新たに取り組むことがあって、なかなか余裕が持てぬでな」

「お忙しいのは何よりで」

「それにしても、お前さんがわざわざ来るというのは」

珍しいとばかりに、与四郎の目の奥をのぞき込んできた。

「実は先日、『長崎屋』で虫眼鏡をお求めになったとお聞きしまして」

「これだな」

渋川は背中に手を回し、帯の間から虫眼鏡を取って見せた。虫眼鏡に陽《ひ》の光が反射して、与四郎の目に刺さった。渋川は気がつき、すぐに角度を変えた。

「なかなか優れものでな。よく見える」

「左様でございますか」

「これが見たかったのか」

そんなことで、わざわざ来たわけではなかろうと問いただしてきた。

「実はこちらをお求めになりたい方がおりまして」

与四郎はまずそう告げてから、

「先生は、こちらを研究に使われるので？」

と、きいた。

「いや、己で使うものだ。だから、身銭を切ったのだがな」

高かったという顔をしている。

他の学者などは、自らが使うもの、さらには飲み食いの代金も、幕府や藩に回す。

渋川に限っては、そのようなことを一切しない。

三十年ほど前、日本地図を作った伊能忠敬《いのうただたか》に従って全国を回ったときに、「伊能先生から学者としての心得を教わった」と、それが未《いま》だに染みついているらしい。

「だが、このような上物の虫眼鏡をなかなか手に入れることはできない。余程の理由があるならともかく、売ることはできぬな」

渋川は申し訳なさそうな顔をした。

「いえ、無理にとはもうしません。ただ、こちらがもうどこにも置いていないようでして」

「本国でも、数量が少ないとオランダ商館の者から聞いた」

「そうでございましたか」

「して、お求めになりたいのは、どの御仁だ」

「ある旗本だそうで」

「旗本……」

渋川は繰り返してから、

「その口ぶり、直接頼まれたわけではなかろう」

と、言い当てた。

「はい」

与四郎は素直に答える。

「なるほど」

渋川はわかったような顔をして、

「もしや、源右衛門から頼まれたな。売った手前、自分の口から買い戻したいと言えぬのであろうな」

と、返事を求めない口調であった。

ひとりで納得したように頷くと、いくら与四郎の頼みといっても手放すには大変惜しいものだから、他を当たって欲しいと言ってきた。

「すまぬな」

「いえ、こちらも無理を承知でお願いに参りましたので」

「本当に、お前という者は……」

他人の世話ばかり見る。

前から渋川にも、女房の小里と同じことを言われていた。

渋川は苦笑いした。

「私が言えた立場でもないがな」

もし、どこを訪ねても売ってくれないようであれば、また来てくれと言われた。

与四郎は手間をかけたことを詫《わ》び、その場を離れた。


次は、本所《ほんじょ》に住む北斎のところへ向かった。

ここに来るのは久しぶりであった。北斎の娘で、同じく絵師の応為《おうい》が、「父はいま出かけています」と言っていた。

「いつ帰ってきますか」

「さあ、夕方かもしれませんし、十日後なのかも」

応為は、どこか他人事《ひとごと》だ。父北斎同様に、専《もっぱ》ら絵のことばかりに関心があって、他のことは興味がなさそうだ。

「相変わらず、先生らしいですね」

「歳《とし》なので、心配ですが……」

「いまおいくつでしたっけ」

「七十を超えました。詳しいことは本人も覚えていないといっています」

「でも、ご病気もお怪我《けが》もなく」

「年々元気になっているような気がします。西洋の画法から着想を得て、自身の絵にも活《い》かしています。いまは大作を作ると意気込んでいましてね」

「なによりでございますね」

「まあ、いいものができるかどうかは……」

応為は首を傾《かし》げて、

「毎日、虫眼鏡を持ち歩いていますよ」

と、言った。

「虫眼鏡を」

「『長崎屋』で買ってきたんです」

「こちらですよね」

与四郎は、源右衛門から預けられた虫眼鏡の詳細が載っている紙を見せた。

「足柄屋さんが、どうして？」

応為はいかにも不思議そうな顔をする。

「実は、こちらをお求めになりたいという旗本がおりまして」

「父から買い取ってきて欲しいと？」

応為はこれで話がわかったとばかりに膝《ひざ》を叩き、

「父は絶対に手放さないでしょうね。あれで、今まで見られなかったものが、よく見えるようになったと少年のように目を輝かせていますから」

と、笑いながら言った。

「そうですか」

与四郎は不意に肩を落とした。

「まあ、一応きいてみますが」

「そうして頂けると助かります」

与四郎は応為に頼んで、長屋を後にした。

三

翌日の昼過ぎであった。

岡っ引きの新太郎が『足柄屋』に訪ねてきた。

忙しいのか、いつもより険しい顔をしていた。

だが、口調はかえって優しく、「せんだっては、慶安寺に行けなくてすまなかった」と、有名な菓子屋のまんじゅうを土産《みやげ》に持ってきた。

「そんなお気遣い頂かなくても」

与四郎と小里は、申し訳なさそうに言う。

「俺も横瀬さまに同調して、手伝うつもりでいたのだが、急に調べなければならねえことができてな」

岡っ引きの仕事がいかに忙しいのかは、容易に想像できる。いつ、いかなる時に盗みや殺しが起きるかわからない。その度に、すぐに駆けつけて、探索に当たらなければならない。

「もう落ち着いたのですか」

小里がきいた。

「一難去ってまた一難だ」

新太郎が首を横に振る。

咳払《せきばら》いしてから、

「七、八年ほど前に、佐賀町に畳職人の絹助《きぬすけ》という男がいたんだ」

と、口を開いた。

「絹助さんなら知っています。お伊勢《いせ》参りに行った切り帰ってこなかった?」

当時、まだ与四郎は馬喰町《ばくろちょう》の小間物屋『日本橋屋《にほんばしや》』に奉公していた。『日本橋屋』で畳替えをしたときの畳職人の親方が絹助だった。

絹助は腕がよく、仕事熱心で、商売はそれなりに繁盛していた。お伊勢参りに行くために伊勢講に入っていた。

伊勢講は、参詣《さんけい》のために皆でお金を出して積み立てて、毎年違う人物が代表として行くという仕組みだ。

江戸から伊勢まで往復で一月、遅くても一月半あれば帰ってこられる。

それが、七年ほど前に出かけたきり帰ってきていない。

「あの絹助さんですよね？」

「そうだ」

新太郎は頷《うなず》く。

間があった。

一瞬、与四郎が乗り出すと、

「そいつの子ども、長太《ちょうた》がいなくなったんだ」

新太郎は重たい口調で言った。

「えっ……」

与四郎と小里は、思わず言葉を詰まらせた。長太のことは、まだ赤子のときの顔しか覚えていないが、丸く大きな目に、長いまつげの女の子のような顔つきだった。今年で九歳のはずだ。

「絹助のかみさんのお筋《すじ》と子どもの長太は、その後、田原町《たわらまち》に引っ越した」

新太郎は続ける。

「三月九日の朝五つ（午前八時）くらいのことだ。母親のお筋が働きに出かけている間だった」

普段であれば、長太は近所の寺子屋に行っているところだが、その日はたまたま寺子屋が休みで、近所の子と空地で遊ぶ約束をしていたらしい。友だちがいくら待ってもやってこなかったところから、家に行ったがそこにもいない。

「それで、その子は近くの自身番に行って、事の次第を伝えた。それで、俺が出ることになった」

新太郎が言う。

田原町でき込みを行ったところ、空地にいた長太が旅姿の大人に連れられてどこかへ行ったのを見かけたという棒手振《ぼてふ》りが現れた。

その棒手振りは目が悪く、その旅姿の大人が何歳くらいなのか、どのような面立ちだったのか、細かいところがわからないという。

今までの探索では、その者以外に、ふたりの姿を見かけた者は見つかっていないという。

「かどわかしに遭《あ》ったっていうことですか」

与四郎はきいた。

「断定はできねえ。棒手振りは目が悪いんだ。長太と他の子を見間違えたってことも考えられる」

「ですが、いなくなった状況から考えても……」

「ともかく、調べられることはすべて調べようと決めて、かつて長太が住んでいた佐賀町も探している。かどわかしに遭ったとしても、もしかしたら、ここの土地のことを憶えていて、逃げてくるということも考えられない話ではない」

新太郎は慎重に言う。

「それで、その後の消息は？」

小里がきいた。

「まだ」

「お筋さんがあまりにも可哀想ですね。亭主も、子どももいなくなってしまって……」

小里の目には、涙が滲《にじ》んでいた。

まだ絹助がいなくなったばかりの時に、

「うちの亭主のことですから、道中でお節介を焼いて、何かに巻き込まれていないといいのですが……」

と、お筋は嘆いていた。

与四郎から見ても、絹助は親切が過ぎていた。

貧しい身形《みなり》のいかにも怪しそうな男を家に泊めてやり、床下に貯《た》めておいた金を盗《と》られたこともある。道ばたで倒れている旅人のような者を助けようとして、その者から財布を盗られたといちゃもんをつけられて、あやうく捕まりかけたこともあった。

人柄がよいので、周囲の助けもあり、いつもなんとかなっていた。だが、お筋は何か起きるのではないかと、常に心配していた。

それで、実際に帰ってこなくなったものだから、お筋は塞《ふさ》ぎ込んでしまい、それから数月後に、佐賀町を離れ、下谷山崎町《したややまざきちょう》に移った。

貧民窟《ひんみんくつ》として知られる場所である。与四郎は商売で回ることがない。だが、知り合いの屑拾《くずひろ》いの者がいうには、とても住めるような場所ではないそうだ。

「二年くらい前に、田原町に引っ越した」

「田原町に？」

「その間に金を貯めたのかもしれねえな」

詳しいことは、まだわからないという。ともかく、絹助がいなくなってから、だいぶ苦労をしたようだと聞かされた。

「もし、長太のような子を見つけたら、すぐに教えてくれ」

「ええ、必ず」

与四郎は約束した。

「邪魔して、すまなかった」

新太郎は出て行った。

与四郎は、隣の小里を見る。

明らかに、肩を落として呆然《ぼうぜん》としている。

「きっと、新太郎親分が見つけてくれる」

与四郎が言い聞かせた。

「……」

小里は答えなかった。初めは嫌なことを聞いて落ち込んでいるだけかと思ったが、やがて、ばたっと倒れた。

顔に血の気がない。

与四郎は慌てながらも、小里を寝間につれていき、夜具の上に横たわらせた。どうしていいのかわからず、とりあえず、隣のおかみさんに医者を呼びに行ってもらった。

それほど経たないうちに、先日の医者がやってきた。

「お灸《きゅう》をしてみましょう」

医者は小里の膝上二寸（約六センチメートル）ほどのところに、灸を据えた。ここが血海《けっかい》といい、血の滞りをなくして、血行を促進させるので効くのではないかという見立てだ。

「ただ、これも一時的な対処でしかありませんからな。根本から治さなければいけないのですが」

その方法がわからないので、色々と知り合いの医者にも聞いてみると言った。

しばらく、灸を据えていると、小里は落ち着き出した。

ようやく喋《しゃべ》れるようになって、

「先生、ありがとうございます」

と、上体を起こして、頭を下げた。

「とりあえず、野菜や豆などを多く摂《と》るようにしてください。また何かあったら、夜中でも構いませんから、いつでも呼んでください。とにかく、具合が少しでも悪いと思ったら、無理せず安静に」

医者はそう言って、引き上げて行った。今日は、小里は床に寝かせたままで、与四郎が土間まで見送りに行った。

しばらくは、店に出ないほうがいいと言われたので、その通りにすることにした。

その日はいつになく客の入りが多かった。小里がいない分、客を待たせることもあったが、馴染みばかりだったので融通が利いた。皆、小里が店に出ていないことを気にして、体調が悪いと伝えると、心配していた。

「すぐによくなりますから」

与四郎はそう答えるしかできなかった。


夕方になり、太助が帰ってきた。太助は道中で医者と会ったらしく、小里のそばに駆け寄り、甲斐甲斐《かいがい》しく世話を焼こうとした。

「休ませてもらったから、心配いらないよ」

小里は笑顔を見せた。

それでも、太助は何かしないと落ち着かない様子であった。

小里は話題を変えようと、

「そう言えば、今日も慶安寺に行ってきたのかえ」

と、きいた。

「はい、その女に会いました」

まだ太助の声には、女に対する棘《とげ》がある。そう感じたが、「私も、少し話しましたが、なかなか可哀想な女ですね」と、声を落とした。

「同情しているのか」

与四郎はきいた。

「少し」

太助は小さな声で言った。

与四郎が言葉を返そうとしたとき、

「ただ……」

さらに、太助が続ける。

「慶安寺に千恵蔵親分が来ていました。親分はその女のことを気にしながらも、世の中にはもっと大変な人がいると言っていました」

「ああ、そんなもんだ」

「ところで、旦那は昔、佐賀町に住んでいた絹助さんって方をご存じですか」

太助が言った。

「なんだ、お前も知っているのか」

「え？」

「絹助さんの倅《せがれ》の長太が、急にいなくなったんだろう」

「はい」

「千恵蔵親分が言っていたのかい」

「そうです。旦那はどうして」

「新太郎親分が来たんだ」

「じゃあ、ふたりで手分けして」

「もっと大勢で探しているかもしれない」

「やはり、かどわかしかもしれないのでしょうか」

「子どもといっても、九つになるんだ。どこか知らない土地に行くならまだしも、地元で迷子になって、ひとりでどこかへ行ってしまうというのは、なかなか考えにくい」

与四郎の考えに、小里も同じだと言った。

「私も、何か手伝えればいいのですが」

太助が言うと、

「巻き添えを喰《く》らったら大変だよ」

小里が諭すように止める。

「まあ、そうですけど。子どもを連れ去ろうとする奴《やつ》ですし、私は横瀬さまのところで剣術を習っていますから、腕には自信があります」

太助が胸を張ったあとで、

「千恵蔵親分はもう見当が付いているそうです」

と、口にした。

「連れ去った奴のか」

「ええ」

「誰《だれ》なんだい」

「横山町《よこやまちょう》に住む鳥九郎《とりくろう》という爺《じい》さんらしいのですが」

「横山町の鳥九郎……」

与四郎は口の中で、繰り返した。

しかし、その人物に思い当たる節がなかった。

「誰かが、その男が連れ去るのを見たのか」

「私も、ちょっとしか話を聞いていないのでわからないのですが」

太助は曖昧《あいまい》に答えた。

与四郎はその日の夜、近所の会合があるので顔を出した。会合では与四郎が一番若かったが、半分以上が与四郎と五歳も変わらないくらいであった。

他の町と比べて、若い旦那衆が多い。

「あの、さっそくですが」

与四郎は、絹助の倅、長太が連れ去られた話を出した。

新太郎が佐賀町を回っているということで、そのことはすでに聞き及んでいる者たちが多かった。しかし、鳥九郎が怪しいということは、皆まだ知らないという。

そもそも、鳥九郎という男を知らない者たちばかりであった。

ただ、今年六十になる湯屋《ゆや》の主人は、

「もしかしたら、あの男かもしれませんな」

と、顎《あご》に手を遣った。

「誰です？」

与四郎は思わず身を乗り出してきいた。

「かつて、絹助さんをかどわかした男だ」

「えっ？　あの人はお伊勢参りの時に行方不明になったのでは……」

「いいえ、その時ではなく」

「どういうことですか」

周りにいる者たちも、きょとんとしている。

「今から二十五年前だったと思います。あの人がまだ八つの時に、連れ去られたんです」

少しずつ思い出すように、次々と言葉を繋《つな》いでいった。

絹助は生まれが佐賀町で、そのときまで佐賀町で暮らしていた。ある日、絹助は近所の仲間と遊んでいる途中に、何者かに連れ去られた。

当時の岡っ引きの懸命な探索により、絹助は連れ去られてから半月後に無事見つかった。怪我もなかった。

そして、かどわかした者は、本所松坂町《ほんじょまつざかちょう》に住む荒物屋の鳥九郎という男だった。

鳥九郎は幼い男の子に興味があり、絹助のことを一目惚《ひとめぼ》れして、つい連れ去ってしまったという。

「鳥九郎という名前はあまり多くないので、多分その人じゃないですかね」

湯屋の主人は言い、

「それに、あのときに探索に加わっていたのは、千恵蔵親分ですよ。まだ親分が土地の岡っ引きの手先だったころです」

とも、告げた。

「そういえば、そんな話を聞いたことがあったな」

他にも、思い出したかのように年長の者が現れた。

この日の会合は、ほとんどがその話で終わった。佐賀町で起きた出来事ではないが、町内には十歳にも満たない子どもたちも多いことから、不審な者を見かけたら声をかける取り組みをすることに決まった。

与四郎は『足柄屋』に戻る。

帰り道、絹助がかどわかしに遭っていたことが脳裏にこびりついて離れなかった。今まで、そんな話を噂程度でも聞いたことがなかった。

小里の容体が悪化していないか心配であったが、寝間で横たわっていた。行灯《あんどん》の明かりが、いくらか痩《や》せた小里の頰《ほお》をぼんやりと照らしている。

小里を起こさないように、そっと居間へ移った。

ちょうど、太助が稽古から帰ってきた。まだ汗で濡れた髪を光らせながら、「横瀬さまも、長太の件の探索に協力しているようです」と、言った。

太助によると、千恵蔵は横瀬に一緒に探してくれないかと頼んだそうだ。

「なんでも、鳥九郎という男が……」

太助は横瀬から聞いたという二十五年前の絹助のかどわかしの話をした。横瀬は、千恵蔵から色々と聞いているらしい。

その内容は、湯屋の主人が話していたことと重なる。

それもあってか、千住《せんじゅ》できき込みをしているときに、さっき草加《そうか》宿の近くで、鳥九郎に似た者を見たという者が現れた。いま、千恵蔵は新太郎とその手下と共にそこへ行っているそうだ。

四

その日の夜の四つ（午後十時）近くになっていた。

春の夜風に若葉が揺らぎ、うすい土埃《つちぼこり》が立つ。

千恵蔵と、新太郎は草加宿にやってきた。草加宿は日光《にっこう》街道の二番目の宿駅で、千住の次にあたる。

元禄《げんろく》二年（一六八九）に松尾芭蕉《まつおばしょう》が千住を発《た》って一日目の夜に草加宿に泊まったと、『奥の細道』に記されている。しかし、付き添い人の河合曽良《かわいそら》の『曽良日記』には四番目の粕壁《かすかべ》宿に泊まったと書いてある。

新太郎はそのことを引用して、

「芭蕉が旅に出たのが五十五歳であっても、一日で草加にまでしかたどり着けなかったということは考えにくいでしょう」

と、自説を述べた。

千住宿から草加宿までは二里八町（約九キロメートル）ほどしかないからである。

芭蕉も実際に粕壁宿まで行けたとすれば、六十五歳の鳥九郎が越ケ谷《こしや》を越して、一日で粕壁まで行くことはできるはずだという。

「大体、日本橋から粕壁宿が九里二町（約三十六キロメートル）ですから」

新太郎は言った。

もう二日目だから、そのさらに先まで行っているかもしれないが、「だが、子どもを連れているだろう。必然と足が遅くなる」と、千恵蔵は返した。

しかも、言うことを聞く子どもではなく、かどわかしたのだ。

「いずれにしても、急いだ方がいいでしょう」

ふたりは、それから手分けしてきき込みに回った。

一刻して、ふたりがもう一度会うと、「鳥九郎らしき男を見たという人がいた」と、千恵蔵は告げた。

すると、「こちらでも、同じく鳥九郎と思われる男が見られています」と、新太郎が言う。

鳥九郎ひとりだけであって、他に子どもを連れていたという話は聞かない。

「こうなったら、先に進むしかねえな」

千恵蔵は意気揚々と言う。

「親分。申し訳ないのですが……」

新太郎が続けようとした。

「わかってる。これから先は、俺ひとりで行く」

千恵蔵は任せろと言わんばかりに、新太郎の肩に力強く手を置いた。

岡っ引きは、同心の下で動いている。同心の指示を仰ぐ前に、勝手に動き回るわけにはいかない。それに、江戸を離れれば、その宿場の宿役人に伺いを立てなければならない。

「でも、親分ひとりでは」

「なに、言ってやがる。相手は鳥九郎だ」

「油断は禁物です。刃物を持っているかもしれませんよ」

「なに、まだあいつが若い頃にも、捕まえたことがある。そのときに、少しもみ合いになったが、なんともなかった」

「相手はひとりとも限りません」

「というと？」

「金目当てということも」

「それはねえ」

以前も、自分の欲を満たすために、絹助をかどわかした。長太は幼い頃の絹助にそっくりだ。絹助が長太に変な気持ちを抱いたとしてもおかしくない。

それを新太郎に告げても、

「ですが、歳も歳です。それに、近頃、農家のほうでも人不足で、かどわかして、売り飛ばすっていうことも、ちょくちょく起きていますから」

「あいつのことだ」

千恵蔵は決め込んで、そう言った。

鳥九郎は金目当てに何かするような男じゃない。絹助のかどわかしの後は、荒物屋を畳んで野菜の棒手振りをしている。今までの反省を含めて、儲《もう》けを度外視して、できるだけ多くの人に安く買ってもらおうという商売をしている。

しかし、野菜の高騰で、今までのような商売ができずに、鳥九郎は暮らしにも苦労をしていると、新太郎は近所の者たちから聞いたという。

「だから、金目当てにそうすることも、全く考えられないことではないかと」

ふたりの意見はまとまらない。だが、ふたりとも、鳥九郎がやったと見ている。

結局、議論は平行線をたどったが、

「とりあえず、捕まえて、本人から話を聞くのが先だ」

と、千恵蔵は結論付けた。

「まったくです」

新太郎は同意した。

「長太が生きていりゃあいいが。ともかく、俺は急ぐ。お前さんも、早いところ江戸に戻らねえとな」

千恵蔵はそう言い残して、草加宿でふたりは分かれた。


日が変わって、十一日の七つ（午前四時）前、千恵蔵はふくらはぎに痛みを覚えながらも、越ケ谷宿に到着した。歳のせいか、無理をすると古傷が痛む。

越ケ谷宿は、越ケ谷町と大沢町《おおさわまち》のふたつの町でひとつの宿場を形成する合宿で、商家の多い越ケ谷町は商家が多く、大沢町は旅籠《はたご》が多いので、それぞれ役割分担されていた。

千恵蔵は、大沢町の本陣『大松屋《おおまつや》』へ向かった。宿場の顔役に力を貸してもらうのが早いと踏んだ。

かどわかしがあったので、急いで江戸からやってきたというと、『大松屋』の旦那が出てきた。

旦那は物腰が柔らかく、事の次第を説明すると、

「では、この辺りで子連れの者を見かけなかったか、うちの若い衆や宿場の者たち皆で探しましょう」

と、話が早かった。

それだけでなく、越ケ谷に来るまでの間にも、途中で日光街道から外れていることも考えられなくはないと言い、

「そちらも手分けして探させましょう」

と、協力してくれた。

「度々のご配慮、恐れ入ります」

ここまで、迅速に応じてくれると思っていなかったので、千恵蔵はただただ頭を下げるしかなかった。

その後、千恵蔵は越ケ谷宿で、きき込みを行った。

すると、奥まったところにある旅籠で、

「さっき、ご出立されたお客さまが、まさにそのような方だったような」

と、鳥九郎に似た者がいると主人が言う。

「こちらです」

主人は宿帳を見せてきた。

そこには、日本橋横山町、鳥九郎という名前が書かれていた。

「そいつは、子どもを連れていたか」

「いえ」

「子どもはいない？」

「でも、こちらに来る時に、店の近くで近所の男の子に声をかけていました。その子の親が不気味に思って、男の子を連れて、そのお客さまから離れました」

「そんなに怪しかったのか」

「私はよく見てなかったのですが、うちの奉公人は、変なことをしでかしそうだったと言っていました」

主人はそう答えたあと、

「まさか、そのお客さまが江戸で何かやらかして逃げてきたのですか」

と、興味深そうに身を乗り出した。

「まだ調べている最中だが、子どもをかどわかして、逃げている疑いがある」

千恵蔵は答えた。

それから、奉公人と、話しかけられていた男の子の母親から話を聞こうか迷ったが、今から急げば鳥九郎に追いつくかもしれない。そう思い、『大松屋』の旦那に挨拶《あいさつ》だけして、先を急ぐことを告げた。

「足を痛めているようですし、駕籠《かご》に乗っていきなされ」

「しかし」

「その足では大変です。それに、駕籠の方が早うございますから」

「ご配慮、恐れ入ります」

「奴がまだ日光街道を進んでいるとも限りません。こちらで、脇道に逸《そ》れていないか探索を続けます」

旦那が堅く約束した。

駕籠で揺られること、半刻（約一時間）あまり。陽が上ってきていた。日光街道の並木道に、見覚えのある後ろ姿が目をひいた。

千恵蔵は覚えている。鳥九郎だ。中肉中背で、やや猫背、歩くときに手を指の先までピンと伸ばす。倒れそうなくらいに前のめりになって歩く。

駕籠は鳥九郎を追い越してから、停《と》めさせた。

男の顔を見る。

やはり、鳥九郎。

千恵蔵は駕籠を下りた。

なんだろうというように、鳥九郎は千恵蔵を見る。途端に、目が合った。

鳥九郎は口をわずかにあけると、急に逃げ出した。

「待て」

千恵蔵は追いかけた。足が痛いのも忘れるくらいに、いつもより速く走れる。

それよりも、鳥九郎の足が遅い。

少しして、千恵蔵は追いついた。

鳥九郎の肩に手をかけ、

「観念しろ」

と、怒鳴りつける。

「……」

鳥九郎は息を切らしている。

千恵蔵は鳥九郎の腕を後ろにした。少し抗《あらが》うが、すぐに従った。

「長太はどこだ」

千恵蔵はきく。

「長太？」

鳥九郎が拍子抜けした声で、きき返す。

「お前がかどわかした」

「なにを言っているのですか」

「とぼけても無駄だ」

「どうかしていますよ」

鳥九郎は、こめかみをぴくぴくと動かしながら、わずかに震える声で言い返した。

「お前がかどわかした子どもはどこだ」

千恵蔵は言い方を変えた。声の調子も、さらに低くする。

鳥九郎はじっと千恵蔵の目を見つめてから、何か話しだそうとしたが、言葉を飲み込んだように口をぎゅっと閉じた。

「おい」

千恵蔵は腕を捻る。

「何するんですか」

「二十五年前のこと、忘れていないぞ」

「あれは……」

続く言葉がない。

「前もかなり否定して、結局認めたんだ」

「……」

「早く吐くんだ。どうせ、後ですべてわかることだ」

千恵蔵は言いつける。

だが、鳥九郎は話し出すどころか、それ以降、なにを聞いても答えなくなった。

仕方がないので、駕籠に乗せた。

「逃がさないためだ」

千恵蔵は駕籠かきに言った。そして、越ケ谷宿に踵《きびす》を返した。


越ケ谷宿に戻ったのが同日昼過ぎ。

まず番所へ行った。鳥九郎の身柄を預かってもらうためだ。

交通の要所にあり、関所まで至らないものは、幕府や諸藩、どちらが設けたかにかかわらず、口留番所《くちどめばんしょ》という名称になっているが、単に番所と呼ばれている。

そこへ行くと顔見知りの道中奉行配下の同心がいた。

南町奉行所同心の今泉《いまいずみ》から事態を聞き、探索のためにやってきたという。説明するまでもないが、烏九郎を確保したという報告をすると、「よくやった。まだ昔取った杵柄《きねづか》は衰えていないな」と、同心は褒め称《たた》えた。

「こいつのことは、ちょっとした因縁があるものですから」

千恵蔵は答えると、

「また復帰してみたらどうだ」

と、同心が勧めた。

そんな話をしている時にも、烏九郎は黙り込んだまま、どこか納得のいかない顔をしている。

同心が烏九郎をまじまじと見る。

急に野太い声で、

「お主」

と、呼びかけた。

「……」

烏九郎は相変わらず答えなかった。

「どうして答えぬ」

「……」

「やましいことがあるからだろう」

「……」

鳥九郎はきつい目で、同心を睨《にら》む。

「憚《はばか》りながら」

鳥九郎はようやく口を開いた。

「申してみよ」

「私はこの親分が言っていることの訳がわかりません。と、言いますのも、私がかどわかしたというのは、全くの言いがかりだからです」

鳥九郎の声は、依然として震えを帯びていた。

千恵蔵は反論しようとしたが、まず同心の顔を見て、伺いを立てた。

同心は頷く。

「この男は二十五年前にも、子どもをかどわかしています。その時の子どもの倅が、今回、何者かにかどわかされました。それだけではありません。この男が怪しい動きをしているのは各地で見られています」

千恵蔵は、まだまだ言いたいことはたくさんあったが、簡潔にまとめた。

「しかし、その子どもがいないではありませんか。私がしていないという何よりの証《あかし》でございます」

鳥九郎は、千恵蔵に向かって言った。それから、同心に顔を向けた。

「どうか、私を信じてください。二十五年前のことは、確かにしでかしました。しかし、それから反省に反省を重ねて、今では悪い心を忘れるほどにまでなりました」

鳥九郎が力を込めて言う。

「たしかに、かどわかされた子どもの姿がないのが気になる」

同心はそう言い、少し考えてから、

「だからといって、子どもをどこかに隠している、もしくは殺してしまったということも考えられない話ではない」

と、淡々と告げる。

鳥九郎は異論があるようで、口を挟もうとした。

同心は手で制する。

鳥九郎は口をつぐんだ。

「ともかく、お主のことは江戸に送り返して詮議《せんぎ》をしなければならない」

「そんな……」

鳥九郎はため息交じりに、肩を落とした。

「ところで、どこに向かうつもりだったのか」

さらに、奉行がきいた。

「幸手《さって》です」

「幸手？　先の宿場町だな」

「はい」

「どうして、幸手に？」

「そこに、私の生家があります」

「まだ親が健在か」

「いえ、両親とも十年ほど前に亡くなりました。生家には姉がいましたが、ひと月前に亡くなりました。その報《しら》せを受けて、供養と墓参りを兼ねて帰る途中でした」

鳥九郎は同心をすがるような目で見ながら言った。

さらに加えて、

「父と母以外では、姉が唯一、私のことをよくしてくれました。過去に悪いことをしたにもかかわらず、人は変わることができると、信じてくれた姉です。私にとって、大切な、唯一の姉の供養に行きたいんです」

と、今にも泣きそうであった。

同心は表情を変えずに聞き、

「もし、それが本当だとするならば、さぞ辛いだろう」

「本当でございます」

「だが、調べてみなければわからぬ」

「しかし、本当に……」

「お主のためにも、疑いを晴らしてから幸手に戻る方がよかろう」

「……」

「江戸に引き戻す。よいな」

奉行が決め込む。

鳥九郎は拒まなかったが、頷きもしない。

千恵蔵も、鳥九郎と一緒に江戸に戻った。

五

翌、十二日の昼前。

桜が四分咲きになっている。春のうららかな日差しが、八丁堀《はっちょうぼり》の大番屋にも差し込む。ここで同心の今泉による取り調べが行われている。

千恵蔵は、その場に付き添った。はじめ、今泉は何かあったら千恵蔵を呼ぶといったが、千恵蔵はずっと同席させてくれと頼んだ。

二十五年前、もっと懲らしめておけば、こんなことにはならなかった。自責の念は強まる。ともかく、鳥九郎を許してはおけなかった。

越ケ谷から江戸まで歩き続けて、あまり寝ていない。詮議は一向に進まないが、眠気はない。

だが、怒りが溜《た》まっていた。

鳥九郎は知らないことだと言い張る。長太を見つけられないものだから、鳥九郎がかどわかしたと決めつけるまでの証もない。

日光街道、その脇道を含めて大規模な探索をしたそうだが、今のところ長太は見つからない。死体でさえ見つからない。

「ですから、本当にやっていません」

鳥九郎は段々、怒りを覚えたように、強い口調になる。

「だとしたら、どうして俺から逃げた？」

千恵蔵が問いただす。

「そりゃあ、誰だって追いかけられたら逃げたくなるものでしょう」

「やましいことがなければ、話せばわかる」

「親分は、二十五年前のことを根に持っていますから」

「なに？」

「この二十五年の間に、私がどれだけ反省して、他人のために生きているかを知らないからそんなことが言えるのです」

鳥九郎は強い口調で言い放つ。

それから続けて、

「人は変わることができるんです」

と、強調した。

「いや、お前は変わっちゃいねえ」

千恵蔵は決め付ける。

そんな言い争いが続くと、

「答えのでないことを話し合ってもらちが明かぬ。二十五年前にどうかは別として、今回、お主がかどわかしたかどうかが問題だ」

今泉が口を挟んだ。

結局、証が出てこない。

鳥九郎が口を割らないかぎり、罪科を認めることができず、牢《ろう》屋敷送りもできない。

ただ、鳥九郎に関して、身柄は拘束しないが、引き続き見張り続けるということで決まった。

もやもやとしながらも、千恵蔵は大番屋を後にした。

その足で新太郎の元へ向かう。

新太郎は浅草寺《せんそうじ》の本堂から仏像が一体盗まれた件を調べていて、忙しそうだった。

「お前さんが落ち着いたら、また来る」

千恵蔵はそう言い、今度は田原町のお筋の元へ行った。

お筋は目が大きく、鼻の高い端正な顔だが、長太がいなくなったことの苦労が顔に表れて、頬が痩せこけていた。そのせいで、大きな目が余計に目立ち、高い鼻のせいで、さらに目の周りが窪《くぼ》んで見えた。

千恵蔵が姿を現すなり、

「親分、どうなりましたか」

と、お筋が千恵蔵の話し出すのを待たずにきく。

「まだだ」

　千恵蔵は首を横に振った。

「そうですか……」

　お筋は肩を落としてから、

「本当に、あの男がやったんでしょうか」

　と、ぽつりと呟《つぶや》く。

「どういうことだ」

「私も、親分や同心の旦那にばかり任せていられないので、自分で調べてみたんです。といっても、鳥九郎の近所をきき込む程度ですが……。その時に、近所の人からの評判は、そこまで悪くなかったんです」

「二十五年前に、お前の亭主をかっさらった奴だ」

「わかっています。でも、本人はそれを隠すこともなく、過去の過ちを認めて、一生かけて償うと言っていたようなんです」

「口だけなら誰でも言える」

「でも」

「あいつの言葉を信じるのか」

「二十五年前の罪を未だに覚えている人がどれだけいるでしょうか」

「……」

「それに、うちの人もあの男に連れ去られたけど、何もされなかったと言っていました。あの男は自分の欲望としたことの罪の重さにもがいていたようで、心苦しそうだったとも」

「今回だって、そういうことも考えられる」

「だとしたら、長太を連れて歩いているはずじゃありませんか。あの人は無実で、他にかどわかした者がいるのかもしれません」

お筋が強い口調で言った。

そのあと、すぐに言い過ぎたと思ったのか、「あっ」と言葉を止めてから、「私が口を出すことではありませんが、長太のことがとにかく心配なんです。鳥九郎の口を割らせるよりも、どこに長太がいるのか探してほしいと願っています」と、お筋は告げた。

「わかっている」

千恵蔵は大きく頷いて、お筋の長屋を後にした。だが、鳥九郎に対する疑いは消えていなかった。

その日の夕方過ぎ。

千恵蔵は新太郎と共に、八丁堀の今泉の屋敷にいた。

長太と鳥九郎、このふたりのことを話し合っている。相変わらず、千恵蔵は鳥九郎の仕業だと疑っている。しかし、あとの二人はその考えに慎重なようであった。

「考えてみてください。鳥九郎を最後に長屋木戸で見かけたというのが、九日の朝六つ（午前六時）くらいです。横山町から田原町までは四半刻もあれば行けます。そして、長太がいなくなったとされるのが、朝五つくらいです」

千恵蔵は、力説する。

部屋の中には、莨《たばこ》の煙が立ち込める。

今泉は考えを巡らせるときには、煙を鎖のように繋《つな》ぐ。

普段は吸わない。むしろ、莨を嫌っている節がある。それは、今泉の父親が莨を吸い過ぎたことも起因して亡くなったからだ。

こんなにも、吸っているのは久しぶりに見た。

千恵蔵と新太郎は顔を見合わせた。

負い目を感じる。二十五年前、鳥九郎をもっと懲らしめておけば、今回このようなことは起こらなかった。

そんな時、襖《ふすま》が開いた。

小者《こもの》が現れる。

「旦那さま。いま板橋《いたばし》の岡っ引きの手下が文《ふみ》を届けに来ました」

差し出された文を、今泉は奪い取るようにした。読んでから、文が千恵蔵に回ってきた。

『迷子の長太を見つけ候』

文にはたったそれだけが書かれていた。

板橋の岡っ引きはもう六十近くで、千恵蔵よりもずっと先輩であった。近頃は足がもたついているのを聞いている。

だが、どうして板橋なのか。

新太郎に文を渡しながら、自問した。

「本当に、長太ですかね」

まず、疑った。

「会ってみないとわからぬ。長太以外にも、行方がわからない同じ年くらいの男の子が何人かいる」

今泉もすぐさま信じるという風ではなかった。

新太郎の目だけは、ぎらりと鋭く光る。

「我々が思い込みをしていただけかもしれません」

それは、鳥九郎の仕業ではないと言っているようであった。

「そうかもしれぬな」

今泉は、ぽつんと口にした。

「しかし、今泉の旦那」

千恵蔵は、反論した。

鳥九郎が関《かか》わっていないとは断定できない。まずは、長太が江戸に戻ってきてから、本人の話を聞き、その上でまた取り調べを行うしかない。

その旨を伝えたが、

「こんなことを言っちゃ、親分に申し訳ありませんが、鳥九郎がやっていると決めつけるにはもっと証がなけりゃなりません。今回は、親分らしくありません」

新太郎が言い返した。

「今回ばかりは、千恵蔵、お主の言葉は受け入れられない」

今泉が苦い顔で言い、

「ともかく」

と、これから板橋まで行くと告げた。それに、新太郎もついて来いと命じる。

「なら、ご一緒仕《つかまつ》ります」

千恵蔵も付き従おうとしたが、

「いや、結構だ」

と、今泉が断った。

鳥九郎の仕業だと決め込んでいるから下手《へた》に連れていけないと、言葉には出さないが表情が物語っている。

千恵蔵はついて行くのを諦めた。今泉の心が決まっているように思えたので、反論できなかった。

「では、お筋に長太が見つかったかもしれないことを伝えに行ってきます」

どこか晴れない気持ちで、八丁堀を後にした。

千恵蔵がお筋の家の土間に入ると、

「なにかございましたか」

期待するような、一方で恐れているような複雑な顔で出迎えた。

「いい報せだ」

千恵蔵は口を開く。

お筋の目が急に輝く。

「長太が見つかった」

「本当ですか」

「板橋宿から報せがあった。いま今泉の旦那が迎えに行っている」

「じゃあ、もうすぐ帰ってくるんですね」

「そうだ」

千恵蔵は頷いた。笑顔を作ろうとしたが、できなかった。鳥九郎の憎らしい顔が頭から離れない。

お筋はそんな千恵蔵を気にするように顔を覗《のぞ》いていたが、長太が生きて見つかったことの嬉《うれ》しさが勝っているようで、

「親分、ありがとうございます」

と、深々と頭を下げた。

「俺のおかげじゃねえ」

「いえ、親分が誰よりも心配なさってくださいました」

「そりゃあ……」

二十五年前のことを、つい口にしようとした。

だが、自分ひとりで鳥九郎の仕業だと言ったところでどうにもならない。

奴を白状させるのが一番だ。

「親分」

「なんだ」

「まだ鳥九郎のことを?」

「当たり前だ」

「本当に、あの人なのでしょうか」

「そうに決まっている」

千恵蔵は深く頷いた。

だが、それ以上のことは控えた。

「それだけを伝えに来たんだ。長太とは明日にでも会えるだろう。また報せに来る」

千恵蔵はお筋に告げて、長屋を離れた。

お筋は何か言いたげに、表まで見送ってくれた。

今戸へ帰ろうとしたが、なかなか足が重い。自然と横山町へ向かっていた。もう五つ半（午後九時）は超えていた。

鳥九郎がいると思っていたが、住まいの裏長屋の一角には人影がない。

とば口の大家に訊《たず》ねてみたら、

「ああ、親分。鳥九郎さんなら、四つくらいに帰ってきますよ」

と、眉間《みけん》に皺《しわ》を寄せて答える。

「もしや、逃げたんじゃ」

千恵蔵は心の声が漏れた。

「まさか。これも、親分たちの……」

「なに？」

「いえ、なんでもありませんがね」

大家がどこか不満そうに言う。

「鳥九郎さんは働きに出かけたんですよ」

大家は言い直した。

なんでも、金はぎりぎりで、越ケ谷から引き返す羽目になったので、いくらか貯めなければ、故郷へ墓参りに帰ることができなくなる。

大家の口調には、どこか千恵蔵を責める節があった。

「あの方は、確かに昔悪いことをしたかもしれません。だからといって、それだけを理由に疑うのはあんまりじゃありませんか」

大家は赤く充血した目で、じっと千恵蔵を見る。

憎むわけではないだろうが、うちの店子《たなこ》を疑いやがってという、めらめらとした想《おも》いが、たしかに伝わってきた。

若いころなら啖呵《たんか》を切ったかもしれない。

だが、落ち着いて、

「やみくもに疑っているわけじゃねえ」

と、言い放った。

「どういうことで？」

「あいつが江戸を出立するときと、かどわかしの時が重なった」

「偶然なのでは」

「偶然がいくつも重なるってことは少ない」

「でも、まったくないことでもないのでは？」

「ともかく、本人と話がしたい」

いくら大家を説こうとしたところで、納得する答えを返せないのはわかっている。

無駄に、話していても仕方がない。

「大家といえば、親も同然です」

「そうだな」

「うちの店子に変に疑いがかかれば、私としては断固として反対しますよ。これが、たとえお奉行さまの命令であったとしても」

大家はますます力を強めて言った。

（お前も騙《だま》されているだけだ）

心の内では思っていたが、さすがに声には出さない。

身勝手な理由で殺しを犯したものでも、罪を償うために仏門に入り、それから許しを請う日々を続けている者を知っている。

鳥九郎は恩赦を受けている。それも、牢屋敷での鳥九郎の行いが善《よ》かったからだという話も聞く。

その一方で、同じころに牢屋敷に入っていた者からは、

「奴は役人の前でだけいい面をしていて、あっしらには不遜《ふそん》な態度ですぜ」

と、聞いた。

やはり、と思った。

また何か罪を犯すのではないかとも思っていた。

「あの方は少し不器用なところがありますが、心根の優しい方ですからね」

大家は改まって言う。

「そんなに、いい奴なのか」

千恵蔵は、わざときいた。

「はい。近所で悪く言う奴はいません」

「ひとりも？」

「ええ」

大家は大きく頷いた。

「さすがに、ひとりくらいは悪く言う者がいるだろう？」

「いえ」

「それはおかしい」

「何がおかしいんです？」

「いくら善い行いをしているものであっても、それを妬《ねた》むものや、快く思わない者もいるはずだ。まったく、悪いことを言うものがいないってえのが」

千恵蔵が首を傾げた。

「親分、いい加減にしてください」

大家の口調が荒くなった。

その時、木戸口が開く音がした。

千恵蔵は表に出た。

やはり、鳥九郎だった。

「親分……」

嫌な顔をする鳥九郎が足を止めた。

「ちょっといいか」

「こんな遅くに？」

「ききてえことがある」

「今泉さまのご指示で来ているのですか」

「なに？」

「今泉さまや新太郎親分は、私のことを疑っている様子はありませんでした。親分だけです」

「だから、なんだ」

「きっと、親分が勝手に動いているだけなんでしょう」

「話を逸らすのか」

「いえ、親分がそこまですることに、納得がいかないまでです」

鳥九郎は優しい物腰で言い返した。

「随分と強く出たな」

千恵蔵は苦く笑う。

「親分はもう岡っ引きではないんです。だから、私も詮議に応じることはありません」

鳥九郎が言うと、大家が出てきた。

「そうだ、鳥九郎さんの言う通りだ」

大家が追随した。

「どうぞ、お引き取りください」

鳥九郎が木戸口へ手を向ける。

「……」

千恵蔵は睨みつけるようにして一瞥《いちべつ》しながら、帰らざるを得なかった。

第二章　疑い

一

春のうららかな陽《ひ》を遮るように、窓の戸は閉まっていた。その代わり、ほの暗い提《ちょう》灯《ちん》の明かりが点《とも》っている。

大番屋に同心の今泉、岡《おか》っ引《ぴ》きの新太郎が並んでいる。

土間に立った長太の顔は引きつっていた。つんつるてんの縞《しま》の着物に、すり切れた角帯を締めている。昨日より汚れていない身なりをしているが、長年使い古されたものだ。

「恐がるこたあ、ないよ」

新太郎が手招きをした。

「はい」

長太は消え入るような声で答えたが、足が動かなかった。

もう一度、新太郎が言った。罪人ではないし、まだ子どもだからと座敷に上がるように言った。

「はい」

長太は震える声で答えながら、畳の縁《へり》を踏まないように座敷に上がった。

「あの……」

腰を下ろしてから、長太から声をかけた。

まだ九歳なのに、どちらが偉いのかを知っているのか、顔が今泉を向いていた。

「皆さん、かどわかしだと仰《おつしや》っていますが、そうじゃないんです」

長太の声は相変わらず震えている。

「違うというと?」

今泉が低く返す。

「おっ母《か》さんに内緒で、出てきただけなんです」

「ひとりで、千住の先まで行ったと?」

「はい」

「どうして、そんなところまで」

「ただ、歩き続けていたら……」

「そうか」

今泉が頷《うなず》いた。子ども相手だからか、かなり気を遣《つか》っているのが見て取れる。

否定はしないで、

「だが、お前さんが三十過ぎの男と一緒に歩いているのを見たと言っている者がいるんだが、これは不思議だな」

と、言った。

板橋宿で長太らしい子どもと、旅姿で笠《かさ》を被《かぶ》った中肉中背の三十過ぎの男が一緒にいるのが見られていたと昨夜、報《しら》せを受けた。

年齢からしても、鳥九郎ではなさそうだ。

長太がひとりで板橋宿まで行ったとは思えない。ただ知り合いではなさそうだ。かどわかしだろうと思っている。

それを否定するかのように、

「自分の考えで、家を出て、中山道《なかせんどう》を行きました」

と、長太は強がっている。

（嘘《うそ》だ）

なぜ長太が嘘をついているのかまではわからない。しかし、連れがいるのを見た者がいる以上、ひとりで歩いていたということは通用しない。

今泉が困ったときには、口元を軽く引っ掻《か》く。

いま、何度もそうしていた。

「では、どんな訳で家を出たのだ」

「それは……」

「おっ母さんとは仲がいいな」

「はい」

「喧嘩《けんか》した訳でもなかろう」

「していません」

「だったら、家を出る理由がない。違うか」

今泉は落ち着いた口調ながらも、腕を組み、前のめりになっていた。

尋問を繰り返していくうちに、長太は泣き出してしまった。

「すまぬ。思い出したくないことを思い出させてしまったか」

今泉が素直に謝った。

「違うんです」

「信じてもらえないのが、もどかしくて……」

長太は泣きながらも、少し大人びて言った。

結局、この日は何も聞き出せなかった。お筋は大番屋の外でずっと長太を待っていた。長太は大番屋を出るなり、たまらずお筋の胸に泣き伏した。

そして、涙ながらにお筋に謝っていた。

「みんな、私の責任だよ。私が目を離したばかりに……」

お筋は自らを責めていた。

「違うんだ。おいらが勝手に」

長太は、ここでも自らの考えで中山道を進んだことを強調する。

「そんなことない」

「いや、本当に……」

「心が落ち着いたら、本当のことを旦那《だんな》や親分たちに話して差し上げなさいよ」

お筋は言い聞かせた。

長太は納得のいかないような顔をしながらも、言い返す言葉はなかった。

さらに翌日、再び事情をきいた。

だが、一向にかどわかされたわけではないという。そこで、お筋に事情を話したあとに、長太を鳥九郎と対面させた。

鳥九郎は長太を見た瞬間に、驚いたように眉《まゆ》が上がった。

長太は表情を変えない。

遠くを見るような目で、鳥九郎を見つめていた。

「坊ちゃん」

鳥九郎は取り繕うような笑顔で呼びかけた。

長太は鳥九郎を見ても、大した反応がない。

(もし、鳥九郎がやっているなら、長太は怯《おび》えるはずだ)

そのことからも、鳥九郎ではない。

新太郎は小さく首を横に振った。

鳥九郎は自らの立場を理解していないかのように、親切な近所のおじさんのような顔を見せる。

「坊ちゃんからも、私がやっていないことを言ってくれないかい?」

鳥九郎がどこかにやけたように言った。

「話しかけるな」

今泉が注意した。そして、対面させるのは少しの間だけにした。

ふたりを別々に詮議《せんぎ》することになった。

長太には、今泉が当たる。鳥九郎には、新太郎が当たることになった。この時に、千恵蔵が大番屋にやってきた。

「俺《おれ》にも鳥九郎を尋問させてくれねえか」

千恵蔵が頼んできた。

「それはなりません」

新太郎はきっぱりと断る。

「どうしてだ」

「親分は二十五年前のことを根に持っています。鳥九郎に対する憎しみが強い分、冷静な判断が下せないんじゃないかと」

「そんなことはねえ」

「今までのやりとりを見ていると、そう感じます」

「そりゃあ、お前が勝手に」

「今泉の旦那もそう感じています」

「……」

千恵蔵は深い目をしながら、何か考え込むように黙り込んだ。

少しして、

「これは、俺の抱えるべきもんだ」

と、口にした。

「申し訳ないですが」

「どうしても、いけねえか」

「ええ」

「そうか」

やがて、諦《あきら》めた。

「だが、あいつはまともな奴《やつ》じゃねえ。お前だって、好きにならねえはずだ」

千恵蔵は捨て台詞《ぜりふ》を言って帰った。

新太郎は鳥九郎と改めて対峙《たいじ》した。

窓から差し込む春の陽差しを受けた鳥九郎の顔は、数日前に子どもをかどわかしたようには見えない。

「本当に私ではございません」

鳥九郎は柔らかい口調で言い、詮議に臨んでいた。

新太郎は淡々と、かどわかしの日の前後の行動をきく。できる限り詳しく、何時《いつ》どこで何をしていたのかを答えてもらった。

すべてが思い出せるわけではなかったが、昼間の行動はだいたいわかった。

かどわかしがあったとされる時分には、鳥九郎は小塚原《こつかっぱら》あたりにいた。それを見ている者はいないが、それから四半刻《しはんとき》後に、千住の団子屋で醬油《しょうゆ》味の団子と、みたらし団子を一本ずつ買ったという。

「この店の団子はひとつが大きく、串《くし》に三つしか刺さっていなかったんです。醬油味が三文、みたらしが四文でした」

鳥九郎は細かく答えた。

さらに続けて、

「店に出ていたのが十五、六の若い娘で、面長に大きな目の可愛《かわい》らしい子でしたよ。愛嬌《あいきょう》もあって色々話しかけてくれました。そうそう、江戸の生まれじゃなくて、水戸《みと》から出てきたと言っていましたね」

鳥九郎はすらすらと答える。

本当であれば、鳥九郎が長太をかどわかすことはできない。

仲間がいたとしても、その後、鳥九郎と仲間が合流することも難しいだろう。経過をみても、鳥九郎は千住に留《とど》まるわけではなく、日光街道を草加に向けて歩いた。そして、二日目には越ケ谷宿に到着している。一方、長太は三十過ぎの男と中山道を板橋宿へ向かったのだ。

　新太郎は念のために続けた。

「その団子屋は以前から知っていたところか」

「いえ、千住の方に行くなんて、近頃《ちかごろ》はありませんからね。初めてですよ」

「初めてで、そこに入ったのか」

「店を覗《のぞ》いたときに、大きい団子が目に入ってきまして。美味《おい》しそうだなと」

「団子はその場で食べたのか」

「いえ、小腹が空《す》いたときのために持ち歩いていました」

「みたらしは手についたらべたつくだろう。それは気にしなかったのか」

「甘いものには目がないものでして……」

「ふたつはそれぞれどこで食べたんだ」

「ひとつは草加の手前ですね。もうひとつは越ケ谷の宿で食べました」

「誰《だれ》か見ていた者はいるか」

「さあ、どうでしょう。辺りを気にしていませんからね」

鳥九郎は苦笑いした。

ここまでしているのは、詮議をしているという形だけだ。

ひと通り終わると、

「とりあえず、今日は帰ってもらって構わねえ」

新太郎は言った。

「もうよろしいので？」

鳥九郎は意外そうに言った。

「特に疑う理由がない」

新太郎は正直に答えた。

鳥九郎は嫌味を言わずに、

「早く解決してくれたら、私も墓参りに故郷へ帰れるのですが」

と、複雑な顔をしていた。

「また呼び出してしまうかもしれねえ」

新太郎は申し訳なく思って言った。

それでも、鳥九郎は嫌な顔ひとつもしない。

「いくらでも協力いたします。私はやっていませんから逃げることもありません」

堂々と言いながら、

「ただ、私を詮議しなくてはならないのも無理はありません。なんせ、二十五年前のことがありますから」

と、理解を示していた。

どことなく、自分を好《よ》く見せようという思惑が透けて見えるが、それでもかどわかしをするようには思えなかった。

「お前さんが必ずしもやっているとは思っていない」

「ありがとうございます」

「長太の行方がわからなくなった日に江戸を発《た》ったのも、偶々《たまたま》だと言われたら、それに反論することもできねえ」

「はい」

「それに、あの子は中山道、お前は日光街道。方面が違う」

「親分は物わかりがよろしいようで」

鳥九郎はしたり顔をする。

「なに？」

やはり、この男は苦手だ。どこか鼻につく言い方をする。千恵蔵の気持ちも、痛いほどにわかる。

だが、今回に限ってはやっていない。

「いえ、言葉を間違えました。千恵蔵親分が、やけに私を疑っているようですね」

鳥九郎は決め込んで言った。

恨みは感じなかったが、複雑な顔をしている。

「親分の気持ちもわかるだろう？」

「まあ」

「親分は何がなんでもお前の仕業にしたいわけではない」

「そうですかね」

「ただ、本当にお前の仕業だと思い込んでいる。以前にお前が長太の父親の絹助をかどわかしたこと、長太がいなくなった日にお前も江戸を発ったこと、長太と絹助の幼いときの顔がそっくりなこと……」

新太郎が続けようとすると、

「まったく、瓜《うり》二つです。自分の目を疑いました」

鳥九郎が言葉を被せた。

「だとしたら、長太のことも好きなはずだと考えるだろう」

「たしかに、私も好みは変わっていませんから」

「長太を見たときに、表情が変わったな」

「驚きからです」

「本当に、それだけか」

新太郎は低い声で問いただした。

「他に何があるというのでしょう。この二十五年間、私は罪を償い続けてきました」

鳥九郎は落ち着いた声で言った。

「罪の償いってなんだ」

「他人のために、生きることです」

「お前が迷惑をかけたのは絹助だ。それに、絹助の父親や、近所のものまで」

「わかっております。でも、私が後日伺っても、絹助さんは会ってくれませんでした」

「当たり前だろう」

「……」

「絹助にはまだ謝っていないのか」

「謝りたい気持ちは山々ですが……」

鳥九郎が掠《かす》れた声で言った。痩《や》せ細った咽喉《のど》が、やけにとげとげしかった。それから誠意があることを示したいのか、どれだけ自分が絹助を傷つけたのかを語り出した。

弁明のようにさえ思える。だが、今回の件に関しては、やはりこの男がやったと思えなかった。

二

宵《よい》の口であるが、宿場は灯《あか》りで包まれて明るい。

板橋宿は品川宿《しながわ》ほど派手ではないが、中山道の初めの宿場町だけあって、大いに賑《にぎ》わっていた。

大川端の桜とは色や見栄えの違う桜が、街道の端々に見事に咲いていた。桜が店々の灯りに照らされて、妖《あや》しく彩っている。どこからか義太夫の三味線《しゃみせん》がきこえてくる。

まずは、板橋の岡っ引きを訪ねた。

「ご存じの通り、例のかどわかしの件で、こちらで探索をさせていただきます。そのご挨拶《あいさつ》と共に、親分にもお力添えして頂きたく、参りました」

「俺にも協力させてくれ。聞けば聞くほど、長太が不憫《ふびん》でならねえ」

板橋の岡っ引きは快く引き受けた。

さらに続けて、

「千恵蔵から聞いたが、二十五年前のあのことが絡んでいるかもしれねえんだろう?」

と、言った。

「どうですかね」

新太郎は首を曖昧《あいまい》に傾《かし》げて、濁そうとした。

しかし、板橋の岡っ引きは逃さなかった。どういうことか、詳しく教えてくれと言われた。

言葉を選びながら、千恵蔵の思い込みがあると告げた。

「そうか。あいつにしては珍しいな」

「ええ」

特別な事情があるとは告げなかった。

その日、手分けして板橋宿でのきき込みを行った。

はじめに、長太らしい男の子を見かけたという旅籠屋《はたごや》の主人に話をききに行った。

小さな旅籠で忙しいらしく、少しの間、待つことになった。半刻ほどして、主人がやってきた。

主人は渋い顔をしながら、

「もう何度か話しているのですがね」

と、前置きをした。

「もう一度、男の子を見かけたときのことを教えてくれねえか」

新太郎は頭を下げた。

「同じことしか言えませんよ」

「すまねえ」

「今から五日くらい前でしたかね。夕暮れ時に、男の子と三十過ぎの中肉中背の旅姿の男がこの店の前を歩いていました。親子のようにも見えませんし、数年前ですが、この辺りでかどわかしがあったので注意深く見ていたんです。でも、男の子が無理矢理連れて行かれたようには見えませんでしたね」

「無理矢理ではなかった？」

「おそらく。男の子も笑顔でしたからね」

主人は答えた。

「笑顔だったのか」

新太郎は小さく呟《つぶや》いた。

「そのふたりはどっちの方面へ行ったんだ」

「このまま真《ま》っ直《す》ぐ、次の蕨《わらび》の方へ行きましたよ」

「急いでいる様子だったか」

「いえ、そんな風には見えませんでしたけどね」

ここでは、それ以上のことは聞けなかった。

新太郎は主人に礼を言い、その先の店、ひとつずつを訪ねて、長太と一緒にいた男のことを訊《き》いて回った。

それから、中山道沿いの旅籠や飲み食いする店々を一軒ずつ当たった。

ひとつの店に、長くても四半刻くらい。向こうも客商売なので、早くどこかへ行って欲しいような節が見られる。

新太郎は少しでも気がかりなことがあると、注意深く探った。

長太のかどわかしとは、関係のないものと思われる怪しい人物の目撃談が集まった。

だが、どれも長太と結びつかない。

この日のうちに四半分くらいの店には話をきけた。

翌日。朝からきき込みを開始した。板橋の岡っ引きも引き続き協力してくれている。

昼過ぎに、腰掛茶屋に寄った。

そこで茶を飲んでいた中年の商人が、

「遠目にですが、この店から親分さんの仰っている男の子に似た子を見かけました。それも、三月九日の昼過ぎのことです」

と、言った。

「丸顔で、愛らしい顔の子でした」

「ひとりでいたのか」

「近くに人がいて、多分その人と一緒だったと思うんです」

「その人ってえのは？」

「おそらく、三、四十代の男の人です。旅姿で、笠を被っていたので、顔はよく見えませんでしたけど」

「近くにいたってことは、手を引いていたわけではないのか」

「はい。男の子がくっついていくような感じでした」

「無理矢理、連れて行ってはいなかったのだな」

新太郎は念を押した。

「おそらく、違うと思います」

商人は遠慮がちに言った。

無理矢理ではないとしたら、長太がその男に付いていったのか。それとも、その男は長太と関係がなく、ただ近くにいただけか。

この日は他に思わしい成果がなく、きき込みの後、八丁堀の今泉の屋敷まで報告へ行った。そのときに、茶屋にいた商人が目撃したことを伝えた。

「また明日、長太にそのことを尋ねてみる」

今泉は決めていた。

長太への聞き取りは三日間も続いている。

「気を病んでいませんかね」

新太郎は心配した。

「辛《つら》そうな顔をすることが多いが……」

仕方ないとばかりに、今泉は渋い顔をする。どうしたらよいかと口ずさむ。

「あまり追い込み過ぎない方がよろしいでしょう」

「わかっておる」

今泉の声が、鋭くなって返ってきた。

「失礼致しました」

「思案をあぐねているのだ」

「相手が子どもだからですか」

「それも、あるが……」

「他には、どんな心配事が？」

「心配事というよりも」

今泉は一度言葉を切った。

それから、幾ばくか間を空けた。

「長太は明らかに隠し事をしている。それが、かどわかした者を恐れているからでなく、自らの考えであるのかもしれない」

今泉は顔を引きつらせながら、曖昧な口ぶりで言った。黒い眼《め》をじっと見据えて、
新太郎を見つめる。

「どういうことですか」

新太郎はきき返した。

「……」

すぐには、返事がない。

「旦那」

「いや、まだ己の中で考えがまとまっておらぬのだ」

「そうですか」

新太郎はそれ以上、深くはきけなかった。

短い沈黙が流れる。

新太郎から声をかけなければ、今泉はずっと遠い目をしながら考えに耽《ふけ》っていそうだった。

千恵蔵のことも気になって、

「今日、親分は来ましたか」

と、きいた。

「いや」

今泉は首を横に振った。

明日も早いが、八丁堀を出ると、今戸へ向かった。

だが、千恵蔵はいなかった。近所のおかみさんは、ここのところは帰りが遅いと教えてくれた。

(もしや、江戸を離れて中山道か日光街道で探索を行っているのではないか)

千恵蔵なら考えられる。

また明日来る旨の置き文《ぶみ》をして、新太郎は千恵蔵の長屋を後にした。

翌日、さらに翌日にも渡り、店々や通りがかりの人にきき込みを行った。

大番屋のほうでは取り調べが続いているが、長太はひとりで出歩いただけだと言い、相変わらず進展がないようだった。それなので、三月九日の昼過ぎに、板橋宿で一緒にいたと思われる男のこともわからないままであった。

昼九つ（正午）に近い頃。

雲ひとつない青空で、急に汗ばむほどの陽気になった。宿場の外れの桜の木の下で、馬を繋《つな》ぎながら、白い大きなにぎり飯を頬張《ほおば》っている馬子の男を見かけた。

新太郎はこの男にも声をかけた。

すると、男は思い出したかのように、

「そういえば、この前、知り合いの呉服商の男が見たことのない男の子と中山道を下ってくるのを蕨に行く途中で見かけました」

と、言い出した。

「いつのことだ」

「三月十二日の朝のことです」

「三月十二日だと」

新太郎は急に前のめりになって、

「詳しく教えてくれ」

と、きいた。

日付からして、長太が見つかった日である。その日の夕方に長太は板橋宿で岡っ引きに保護された。

馬子は手に持っていたにぎり飯を竹の皮の上に置き、水を一口ごくりと飲んでから、

「知り合いの呉服商は、亀太郎《かめたろう》という三十過ぎの神田紺屋町《こんやちょう》に住んでいる方でしてね。上州《じょうしゅう》まで反物を買いに出かけるんです。背が高くて、なかなかいい男なんで、目立つんですよ。その上、人当たりもいいし、やけに親切なんですがね」

「男の子の容姿は覚えているか」

「背丈があっしのへそくらいだったので、だいたい三尺六寸（約一〇八センチメートル）くらいですかね」

「顔は？」

「丸顔で、大きな目でしたよ。睫《まつげ》なんかも長くて、はじめは女の子かと見間違えそう

になったくらいです」

「着物は？」

「薄汚れていましたね。つんつるてんで、襟元なんかもすり切れていて」

長太と重なる。

だが、三月九日に目撃された時に一緒にいたとされる男の容姿とは違う。そっちは、年齢こそ三十過ぎで同じくらいだが、容姿は中肉中背、旅姿の男だ。

「何か話したのか」

「いえ、急いでいたもので」

「向こうも、お前さんに気がついたか」

「目で挨拶だけしていきました」

「話しかけて来なかったのか」

「はい。急いでいるようでしたので」

「一緒にいる子どもの手は引いていたか」

「よく覚えていませんが、引いていなかったと思います」

予想外のことを聞かれたからか、馬子は一瞬迷ってから答えた。

「他に、気になったことは？」

「ありませんね」

「お前さんはよく板橋宿にいるのか」

「ええ、いつもは蕨宿にいて、中山道を行ったり来たりしています」

それから、問屋場《といやば》の場所を聞いて、馬子と別れた。

七つ（午後四時）過ぎまで板橋宿での探索を行い、板橋の岡っ引きも他に新たなことがわからないとなったので、神田紺屋町へ行った。

着いた頃には、暮れ六つ（午後六時）の鐘が本石町から聞こえてきた。

教えられた長屋へ行くと、呉服商の男はちょうど帰ってきたばかりであった。

上背のある細身のがっちりとした体つきで、色が浅黒く、呉服商というよりも、漁師といった方が合うような男だ。

新太郎が現れたことに驚いているようで、

「なんです？　手を焼かせるようなことはしていませんよ」

と、ぎょっとした目をしていた。

「悪いことでもしているのか」

「まさか」

声が大きかった。

隠し事でもしているかのようだ。

「三月十二日のことだが」

新太郎は切り出した。

「え？　三月十二日？」

拍子抜けした顔をする。腕を組み考え出す。

「思い出せねえか」

「ええ。何も悪いことは……」

「蕨から板橋に向かう途中のことだ」

「あっ、あの小僧のことですか」

「そうだ。お前さんの子どもではなさそうだな」

「たまたま道ばたで出くわしたんです」

「たまたま？」

「どうやら迷子になっていたようで」

「で、その子を連れて何をしようとしたんだ」

「言いがかりは止《よ》してください。ただ、板橋まで送っていってやったんです。あんな小さい子がひとりで街道を彷徨《さまよ》っていたんですから、放《ほう》っておけないでしょう。なにしろ、飲まず食わずで野宿をしていたようですから」

「板橋まで連れて行ったあとは？」

「家はどこか聞いたんですが、ひとりで帰れるっていうんです。ただ、小日向水道町《こびなたすいどうちょう》までの道を教えてくれって言われました」

「小日向水道町だと？」

「何があるのかは教えてくれませんでしたが」

「その後、お前さんはどうしたんだ」

「途中まで連れていってやろうかとも思ったのですが、商売のことで寄るところがありまして、小日向とは違う方角でしたから、道を教えてその場で分かれましたよ」

男は考えながら言う。

「咄嗟《とっさ》に作った話じゃないだろうな」

新太郎が念を押す。

「冗談じゃありませんよ。その子どもに聞いてみたらわかりますよ」

男は焦ったように言い返す。

どこか不審に思うが、男の住まいはわかっている。

ひとまず、今泉に報《しら》せて、また来ようとした。

帰り際、男が不安そうな声で、

「親分、なにがあったんです」

と、きいてくる。

「その子のことで調べているだけだ」

「だから、その子がなんだっていうんですか？」

「お前さんに言うほどではない」

「そりゃあ、ありませんぜ」

男は舌打ちした。

新太郎は、男の目をじっと見る。

「いや」

男は軽く動揺しながら、

「あっしに嫌疑がかかっているなら、そう言ってください。何もしてませんから」

と、付け加えた。

「かどわかしに遭《あ》ったかもしれねえんだ」

「え、かどわかし？」

「その男の子がお前さんと一緒にいたって、蕨の馬子に聞いたんだ」

「そういうことでしたか」

男は遠い目をしながら、

「親分」

と、改まった声で呼びかけてきた。

「それは、勘違いかもしれませんぜ」

男は首を傾げながら言う。

「どういうことだ」

「あの子がなんであんなところにいるのか不思議に思ってきいたんですが、ひとりで出てきたって言っていました」

「知っている」

「でも、あの子は誰かと一緒に出てきたような様子でした」

「一緒に出てきた？」

「はい」

男は頷いた。

「どうしてそう思うのだ？」

「よくひとりで蕨まで出てきたなって言ったら、浦和《うらわ》でひとりになって引き返したようなことを話していました」

「つまり、はぐれたってことか」

「そうでもないんです。勝手に付いていったようなことを言っていました」

「勝手にか」

新太郎は短く息を漏らした。

勝手に付いていくというのがあり得るのだろうか。それとも、途中で知り合いに出くわしたのだろうか。

もしそうだとしたら、その知り合いも、浦和でひとりきりにはさせないだろう。

いずれにせよ、長太が自分の意思で家を出て、中山道を上ったという話は正しいのか。

長太は隠していることがあるが、かどわかされたということに関しては、その事実はないと考えてもいいのだろうか。

新太郎は、もっと長太の話に耳を傾けるべきなのかもしれないと思い、八丁堀へ向かった。

三

翌日の朝、新太郎は田原町のお筋の住まいに行った。陽が昇ったばかりで、仕事に行く前だった。

井戸端で、近所のおかみさんたちと軽く話でもしていた様子だ。お筋は新太郎の顔を見るなり会釈をし、隣のおかみさんは察して自分の家に戻っていった。

「早くから、すまねえな」

「いえ。何かわかりましたか」

「お前さんは、小日向水道町に縁があるか」

「小日向水道町？　いいえ」

「亀太郎という呉服商が蕨から板橋まで長太と一緒にいたらしくてな……」

新太郎は、長太が小日向水道町までの行き方をきいてきたことを告げた。

「あの子にきいてみましょうか」

「答えてくれねえだろう」

「やましいことは何もないと思うので、それくらいは」

お筋は一度家に戻り、長太を連れてきた。

しかし、長太は「わかりません」と伏し目がちで答えた。あまり、このような問答を続けたくなかった。

長太に、「向こうに行ってな」と言ってやった。長太はそそくさと家に戻った。

再びお筋とふたりきりになる。

お筋は自分の倅《せがれ》が正直に話さないことで迷惑をかけていると謝ってきた。

「そんなに気にするな。この件は、それだけ単純じゃねえんだろう」

「単純じゃない？」

「何度も伝えているが、これは鳥九郎の仕業ではなさそうだ。かどわかしなのか、そうじゃないのか。そこはまだわからねえが、少なくとも長太は自らの意思もあって誰かに付いていった」

「ということは、私の元にいるのが嫌になって……」

「いや、騙《だま》されたんだと思う」

「騙された？」

「長太はもう九つだから、菓子をやるから付いておいでって言っても来ねえだろう。だが、何か見せてやるとか、どこかに連れて行ってやるとか、普段からあいつが望んでいたことで、言葉巧みに連れ出して……」

「あの子が望んでいたこと……」

「覚えはねえか」

新太郎はきいた。

しばらく経《た》ってから、

「私はあの子にお金がなくて不便な想《おも》いをさせて来ました。新しい着物を買ってやったこともなければ、炊きたてのおこわを食べさせてやったこともありません。算盤も買ってやれずに、近所のひとからのお下がりを与えました。きっと、望んでいることはたくさんあるはずです。だから、何なのかがわからなくて」

と、お筋はしんみりと語った。悔しそうに、奥歯に力が入っていた。

「それは……」

新太郎は口ごもった。

本来、聞きたかった答えではない。だが、お筋の心境を無視して、ずばずばと、「その中でも一番、長太が望んでいそうなものは？」とは尋ねることはできない。

「お前さんはよくやっている」

新太郎はお筋の肩に、大きな手をそっと置いた。

お筋はどこか遠い目をしている。心なしか、目が潤んで、顔がゆがんでいる。

「長太は貧乏だからって、お前さんに不満など持っていねえだろう。いくら子どもだって、お前さんがどれだけ自分のことを想ってくれているのかはわかるはずだ」

「そうだといいんですけど」

「違いねえ」

「でも、それだとしたら、何に釣られて付いて行ってしまったのか……」

「まあ、何かわかったら、今度来たときにでも教えてくれ」

「わかりました。探ってみます」

「無理に聞きだそうとしなくていいからな」

「はい」

お筋は頷いた。

また来る旨を伝えて、新太郎は八丁堀へ向かった。今日は同心の今泉が南町奉行所へ出仕するのに、付き添うことになっている。

今泉が抱えているのは、長太のことだけではない。飢饉《ききん》に対する幕府の方針に反対の意を示している元々薩摩《さつま》藩に勤めていた浪人が、昨夜ある旗本を襲ったという。その件も調べている。奉行所としてはそちらの方が大事で、長太の件は打ち切るように催促されているらしい。

しかし、今泉は違った。

その浪人のことよりも、長太のことばかり口にした。

「今、小日向水道町のことを調べていますので。それがいまのところ唯一の手がかりでしょう」

新太郎は、探索を続けていれば、やがて長太が向かおうとしていたところがどこなのかわかるはずだと告げた。

「どのくらい掛かりそうだ」

「日数ですか」

「そうだ。急いでいる」

今泉が急《せ》かすのは珍しい。口だけでなく、実際に焦っているような話し方であった。

「なんとも言えませんが」

「大体でよい」

「十日ほど」

「長いな」

「長うございますか」

新太郎は、何をそんなに焦っているのだろうと、探るように今泉の顔をのぞき込んだ。

今泉はそれを察したのか、軽く顔を背けて、

「千恵蔵がな……」

と、苦い声を出す。

あれから、千恵蔵と会っていない。置き文をしたのが三日ほど前だ。翌日も訪ねてみたが不在で、新太郎が留守のときに自宅に来たらしいが、探索で帰りが遅くなり会えなかった。

まず、この間に長太は蕨から板橋までの帰路を亀太郎と一緒にいたことがわかった。あとは、小日向水道町に向かおうとしていたこともわかった。依然わからないのは、板橋宿から中山道を上っていく時に、一緒にいた男である。

歳《とし》は三十過ぎくらい、中肉中背の旅姿の男だ。

いくら千恵蔵であっても、これを鳥九郎だとは言わないだろう。

「千恵蔵が、鳥九郎の仕業である証《あかし》がだいぶ出てきていると言ってきた」

苦い顔の訳がこれらしい。

「言葉は悪いですが、取り合わなければいいのでは？」

「そうしたいが、証があるという以上は一応確かめなければならない」

「ですが、旦那」

千恵蔵がいくら探索したところで、いまさら鳥九郎の仕業だという証が出てくることはないはずだ。もし、少しでもあるなら、新太郎の探索の間にも、それらしいことが出てくるに違いない。

新太郎はその旨を告げた。

「だから、困っている」

今泉は柄になく、しゃがれた声を出した。

なかなか、要点を言いたがらない。

「どういうことで？」

新太郎は、声を低くしてきき返した。

「こんなことを疑っては、千恵蔵に申し訳ないが」

「まさか」

「そうだ」

「いくらなんでも、それは……」

新太郎は首を横に振った。

要は、千恵蔵が鳥九郎を捕まえたいがために、証を造っているということだ。そういう岡っ引きも中にはいる。いや、一度はそれをしたことがある岡っ引きが多いのではないか。

何も無実の者を嵌《は》めたいのではなく、実際にやっているに違いないが、確固たる証が出てこなかった場合に苦肉の策として用いる。

「それだけはありません」

新太郎は強く言った。

まだ千恵蔵が現役の時、常に正々堂々と探索をして、調べたありのままのことしか報告しなかった。

自分をよく見せようとすることがなく、悪に対して真正面から向き合う姿勢が、先代と当代の定町廻《じょうまちまわ》り同心の今泉だけでなく、他の同心や岡っ引き、さらには町人にまで信頼を寄せてもらえる所以《ゆえん》である。

千恵蔵の下で、誰よりも千恵蔵の探索の教えを受けてきた新太郎だからこそ、そんなことはないと誓って言える。

幾度となく、「不正だけはするんじゃねえぞ」と口を酸っぱくして言われた。その言葉は、未《いま》だに耳朶《じだ》の奥深くに残っている。

「だが、お前や板橋からの報せを聞く限り、鳥九郎の影が全く見えない」

「……」

「千恵蔵が姑息《こそく》なことをするはずはないと思いたいが、今回ばかりはわからぬ」

今泉は苦々しく言った。

「とにかく、小日向水道町を」

新太郎はそう言う他になかった。


もう夕陽が落ちつつある。少し肌寒くなった。

新太郎は小日向水道町へやってきた。

ここは、町の中央を神田上水が流れ、北側は小日向台の一部である。小日向台に登る坂に服部坂《はっとりざか》があり、そこに沿って横町が発達した町である。

新太郎はその日と翌日の夕方以降を使って、全《すべ》ての店を回った。

そこで、『伊勢屋《いせや》』という酒問屋があり、そこの旦那からきき込みをしているときに、「長太という男の子」と口にした。そのときに、「もしや」という反応があった。

「知っているのか」

新太郎はきく。

「わかりませんが、田原町に住んでいる子ですよね」

「そうだ」

「母親はお筋さんといいませんか」

「ああ」

「以前は、下谷山崎町に住んでいて」

「その長太だ。どうして、知っている」

新太郎は前のめりになった。

お筋は小日向水道町に縁がないといっていたのに、どういうことだろう。

旦那は間を置いてから、

「黙っていてくれと言われたのですが、こんな大ごとになってしまっては話した方がよいかもしれませんね」

「どういうことだ」

「実は、ある方にその親子のことを調べて欲しいと言われたことがあるんです。事の始まりは、今から五年前ですかね」

旦那は語り出した。

『伊勢屋』は店名の通り、伊勢出身の商人が創業して、当代は三代目である。元々は酒問屋であったが、今では稼業を広げ、旅籠も兼ねている。

旅籠といっても、ここに泊まるのは、伊勢神宮の御師《おし》だ。

そもそも、御師というのは、各地から伊勢講で参拝に来る者たちを世話する者である。

その者たちが江戸に寄る際に、『伊勢屋』の旅籠に泊まったり、またここで旅道具を揃えたりなど、御師がよく利用する場所となった。

五年前、上尾《あげお》に派遣されている玄徳《げんとく》という御師が初めて『伊勢屋』に泊まった。まだ御師になってから二年にしかならないと言っていた。

玄徳は伊勢神宮の宮司《ぐうじ》から頼まれて、『伊勢屋』に文を届けてくれた。

その文のなかでも、玄徳は熱心な男であるから、よくしてやってくれということが書かれていた。

泊まった日の夜。

ふたりは酒を呑《の》み交わした。呑みっぷりはよく、見ていて清々《すがすが》しい。伊勢屋も普段より多く呑んでしまった。

話も面白く、何より愛想の良い男であったが、少し陰を感じるところもあった。たとえば、御師になる前は何をしていたのかを言いたがらない。どこで暮らしていたのかさえも言わない。子どもの時のことも語りたがらない男であった。

なにか悪いことでもしでかしたのかとも思ったが、玄徳の人柄を見て、仮にそうだとしてもやむを得ないことだと、詮索《せんさく》するのを止《や》めた。

そんな玄徳が、

「旦那、すみませんがお願いがあります」

と、真剣な顔で頼んできた。

「なんでしょう。私にできることがありましたら」

「実は調べてもらいたいことがございます」

「ええ、させていただきましょう」

「少し骨の折れることかもしれません」

「構いません。手前どものところは、何人も若い衆を抱えておりますので」

奉公人は皆、伊勢の者であった。大概、伊勢の知り合いから頼まれて、預かっている。伊勢屋は断れない性格なので、必要以上に奉公人が増えていた。

だから、一人ひとりの仕事は少なく、何かあればすぐに振ってくださいと奉公人に言われる始末であった。

「あと、訳は聞かないでいただけますか」

玄徳は言った。

「はい」

伊勢屋はむろん、そのつもりでいた。

すると、玄徳は改まった顔で、

「佐賀町にお筋と長太という母子が住んでいます。亭主は二年前に亡くなったのですが、その母子の様子を見に行って欲しいのです。私から頼まれたというのは内密で」

と、説明した。

「それくらい容易《たやす》いことです」

「引き受けていただけますか」

「もちろん」

なぜ自分で行かないのかと、不意に喉《のど》まで出かかって止めた。

玄徳は上尾での宿泊先を告げて、翌朝に出立した。

それから、手の空いていた手代に調べさせた。すると、その母子《おやこ》は二年前に引っ越していたことがわかった。

「どこへ越したんだ」

「いえ、まだわかりません」

「近所の者たちは知らないのか」

「ええ」

「きっと、玄徳さんは新たな住まいも知りたいだろう。もう少し探ってみてくれ」

伊勢屋はさらに命じた。

数日後に、お筋と長太の母子が下谷山崎町の裏長屋に住んでいることがわかった。

手代が言うには、あまりまともな暮らしをしていなそうで、お筋という女は痩せ細っているらしい。

伊勢屋はそのことを文に認めるかどうか迷った。

まずは自分の目で見てみようと、その後に山崎町へ赴いた。そこでお筋を見かけたが、手代が言っていた通り、痩せ細っていて、苦労が顔に表れていた。

なにより、住まいは黴《かび》と糞尿《ふんにょう》の臭《にお》いが立ちこめた裏長屋で、家は傾いている。陽が差し込まずに、水はけの悪いところであった。

三日も雨が続けば、この辺りの者たちは生きていられないのではないかと考えるほどだ。

元より、下谷山崎町は江戸の貧民窟《ひんみんくつ》と称されるような貧しい地域である。

残飯を漁《あさ》っている者も少なくない。

お筋が子どもにまともな食べ物を与えているのかさえ、あやぶまれる。

大家にお筋のことを聞いてみると、玄徳の言っていた通り、「二年前に亭主が亡くなって、こちらに越してきたんです。それから、小さい子どももいますから、内職しかできないで、だいぶ苦労をしていますよ」と語っていた。

見ず知らずのお筋に情けをかけてやりたい気もしたが、下手に何かをしても訝《いぶか》しまれるだけだ。

伊勢屋は大家としばらく話してから帰り、玄徳に文を認めた。

それからひと月くらいして、伊勢に戻る玄徳が『伊勢屋』に泊まった。

「お調べくださいまして、ありがとうございます」

「いえ、これくらいのことでしたら」

「文に書かれていたように、そんなに貧しい暮らしなのですか」

「情けをかけてやりたいくらいでした」

「そうですか」

玄徳は肩を落とし、暗い顔で答える。

「新しい亭主はいないんですかね」

「いないようです」

「作ればいいものを……」

玄徳は独り言のように呟いた。

「まだお筋さんも二十五、六くらいでしょう。器量もいいですし、連れ子がいたとしても、貰《もら》い手はいくらでもいるはずですよ」

「そうでしょうね」

「もしよろしければ、私が誰か紹介して差し上げましょうか」

伊勢屋はふと口にした。

しかし、そのとき、玄徳の目から光が消えた。さっきよりも、暗い表情で、血色も悪くなる。

「いえ、出過ぎた真似《まね》を……」

伊勢屋は引き下がった。

その後も、玄徳は『伊勢屋』にしょっちゅう泊まりに来るが、その母子のことは口にしなかった。

しかし、ある時、「再び、お筋と長太のことを調べてきてくださいませんか」と頼んできた。

事情を聞くと、あれから何度か下谷山崎町へ様子を見に行っていたが、先日行ったときには姿がなかったという。

母子がどうなったのか調べて欲しいと頼んできた。

「わかりました」

伊勢屋は快く引き受けた。

考えられることは、ふたつだ。

ひとつは山崎町からもっとまともな場所に移った。あの劣悪な場所での暮らしをずっと続けたいと思う者はいないだろう。

もうひとつは、考えたくないが、母子が亡くなったということだ。飢饉や物価高が続き、食べるものがなく、餓死することも考えられる。また、まともなものが食べられずに、病に罹《かか》ったとしてもおかしくはない。

手代に早急に探らせると、母子は田原町へ移ったことがわかった。そこでは、以前よりもまともな暮らしをしているという。

そのことをさっそく、玄徳に伝えた。

玄徳は深々と頭を下げて、礼を言った。

それから二年ほど経つ。

あれ以来、玄徳が伊勢屋にあの母子のことを頼んでくることはなくなった。

伊勢屋はひと通り話すと、

「玄徳さんにお話を聞くならば、また来月の一日にここを訪ねてきてください」

「ここに泊まるのか」

「はい。数日ずれるかもしれませんが」

新太郎はまた来ると言って、『伊勢屋』を後にした。

長太が目指したのは、ここのような気がする。

だが、どうして長太は『伊勢屋』のことを知っていたのか。考えられることは、中山道を上った時に一緒にいた男が玄徳だったということだった。

長太に対する聞き込みは、それからも続いた。

小日向水道町の『伊勢屋』についても問いただした。

長太は知っているとはいわない。知らないとも言わなかった。

同じ問いを、鳥九郎にもした。

『伊勢屋』も鳥九郎のことを知らないといっていた。

それにもかかわらず、鳥九郎が妙なことを言い出した。

「『伊勢屋』の旦那、直接の面識はありませんが、知り合いを通してお話は伺っております」

「知り合いというのは？」

念のためにきいた。

長太はしゃべってくれないのだ。この際、どんなことでも知っておきたかった。

「津《つ》の岡安定《おかやすさだ》という本草学者です」

本草学というのは、薬用とする植物、動物、鉱物を研究する学問である。

学者にはただでさえ疎《うと》い。

その上、江戸の者でなければ余計にわからない。

岡安定はまだ三十手前で、新進気鋭の学者だという。

「江戸に来られるときには『伊勢屋』に泊まっていますよ」

「伊勢神宮と関係あるわけではなくて？」

「ただ、同郷だからでしょう。それだけ、水道町の『伊勢屋』は親しまれているようです」

「そうか」

新太郎は頷いたが、疑問が生まれた。

なぜ、鳥九郎はそのような者と知り合いなのか。

「ひとつききたいが」

長太の件とは関係ないと思いつつ、与四郎は尋ねた。

「それは……」

鳥九郎は考えるようだった。

「どうした」

「いえ、あまり迷惑を掛けたくないので」

「なんで迷惑になる？」

「私のようなしょぼくれた者と……」

「だが、交友があるなら仕方あるまい。それとも、岡安定と親しいというのは嘘なのか」

新太郎はわざと迫った。

「本当です」

鳥九郎は即座に反応した。

「だったら、言わねえと余計におかしくなる」

少し戸惑ってから、鳥九郎は白状した。

自分は昔、本草学を学んでいた。それから、蘭方《らんぽう》医学にも興味を持ち、鳴滝塾《なるたきじゆく》にも通っていた。未だにその頃の仲間たちとは親しくしており、その縁で若手の学者たちとの繋《つな》がりがあるのだ、と。

「お前さんががか？」

ただの棒手振《ぼてふ》り。とても、かつて医学を学んでいたようには思えなかった。

「どうせ、信じてくれないと思いますので、言いたくなかったんです」

二十五年前に調べたときにも、そんなことはわからなかった。

たしかに、江戸の生まれではないことはわかっていた。しかし、江戸に来る前にどこで何をしていたのかわからなかった。

「今まで黙っていたのは？」

「迷惑をかけたくなかったからです」

「誰にだ」

「学問にです」

これ以上、聞かないでくれという顔をしていた。

今回の件とは、関係がないように見える。

新太郎は詮索しなかった。

だが、『伊勢屋』へ行き、岡安定のことを確かめてみた。

「岡安定さんならよく存じておりますよ」

岡安定の実家が魚問屋で、学者としてより、魚問屋の倅として付き合っているという。実家が地元で捕れた魚を加工して、江戸に卸していることもあり、その際に『伊勢屋』に泊まるという。

「そういえば、本草学も学んでいると仰っていましたね」

話している中身が、鳥九郎と重なる。

どうやら、嘘はついていないようだ。

夕過ぎ、新太郎は八丁堀に寄ってから、今戸の千恵蔵の元へ向かった。

千恵蔵は独自に、長太やお筋から話を聞いているようだ。それに対して、周りからはさすがにやりすぎではないかという声があがっているという。今泉もさりげなく千恵蔵に注意したが、聞く耳を持たないそうだ。

「お前からも、止めるように言ってくれ」

そう頼まれてきた。

千恵蔵は家にいた。歓迎されるわけでもなく、愚痴を言われるわけでもなかった。

だが、千恵蔵の目には、どこかもどかしさが宿っていた。

「どうした」

千恵蔵は何気ない振りをする。

「色々とお話が」

すぐに本題に入らなかった。

千恵蔵がそのことをもう話したくないと、目で訴えているように思えた。

「この間、慶安寺で盗みを働こうとした女の世話をしてやったそうですね。おかげで、仕事さえも見つかりそうだと」

「あれは、与四郎がやったことだ」

「親分の力添えもあったのでしょう」

「なんにも」

「住職はそう言っておりました」

「横瀬さまが日比谷さまに相談して、先方に話をつけてくれることになった」

「そうでしたか。でも、親分も心配して女の元を訪ねているそうじゃないですか」

「赤子もいるからな」

「そういうところ、昔から変わっていませんね」

新太郎が懐かしむ目をした。

おもむろに、「二十五年前もそうでしたね」と振った。

「絹助のことか」

「話の大きさが違う。あれは、かどわかされたんだ」

「他人のためにすることでは同じです」

「岡っ引きとして当たり前のことだ。今回だって同じで……」

千恵蔵が続けようとした。

「同じだと、困ります」

新太郎は、ぴしゃりと言う。

「なに？」

「親分は絹助をかどわかした者を捕まえるのに必死でした。それで、絹助の父親の苦しみを見捨てました」

二十五年間、腹では思っていたが、口にしてこなかった。

別に、責め立てるつもりはない。

「親分にとっては鳥九郎を捕まえて、それで済んだ話でしたが、それからも親子の苦しみは続きました。絹助はひとりでいるのが怖くなり、父親は絹助をひとりにさせられずに廃業までしました」

「だから、なんだって言うんだ」

「絹助は恐い思いをしたから、それを引きずっていたんです」

「長太だって、今回の件で……」

「本人はかどわかしはないと言っていますし、鳥九郎がやったという証は出てきません。むしろ、長太にそのことをきき続けることの方が、長太に恐い思いをさせてしまいます」

「違う」

千恵蔵はあからさまに否定した。

「考え違いをしている」

さらに、言い続けた。

鳥九郎を捕まえれば、長太も楽になる。それが唯一の道だと、千恵蔵は本気で思っているのだろう。

ただ、互いの考えが違うだけに、ここで言い合っても埒《らち》が明かない。

「そういえば、鳥九郎は元々医学や本草学を学んでいたそうですね」

新太郎は気を紛らわせるように言った。

「なに？」

「本人が言っておりました」

「二十五年前には、そんなことは……」

千恵蔵は首を傾げる。

なにか閃《ひらめ》いたのか、遠い目をしだした。

四

翌日の夕方であった。

千恵蔵は佐賀町の『足柄屋』を訪ねた。

『足柄屋』の勝手口から入ると、すぐ目の前に太助がいた。

太助は盥《たらい》に水を汲《く》んでいる。

「親分」

「どうしたんだ」

「お内儀《かみ》さんが、倒れてしまって」

「なんだと」

千恵蔵は急いで、奥へ向かった。

居間を覗いてみると、壁に寄りかかっている小里が見えた。小里は辛そうに目をつむっている。

与四郎が隣にいる。

膝《ひざ》から二寸ばかり上に、指を置き、注意深く押している。

千恵蔵は与四郎の隣に腰を下ろした。

「なにがあった？」

千恵蔵はきく、

「近頃、よくあるんです」

与四郎は顔を歪《ゆが》めて答える。

「何が原因だ」

「おそらく、お腹《なか》にしこりがあるからだと」

「そりゃあ、厄介だ」

千恵蔵は覚えがあるように言った。

かつて、千恵蔵と好い仲だった女が、それで命を落とした。その女と一緒の所帯ではなく、亡くなる前に傍《そば》にいてやれなかったのを未だに悔やんでいる。

「母と娘で、同じような体なのか」

つい、独り言が出た。

「はい？」

与四郎がきき返す。

「いや、なんでもない」

千恵蔵は慌てて首を横に振った。

「いつも、少し安静にしていると戻るんですが、それまでが本当に辛そうで」

「こういうとき、何もしてやれねえのが、辛いもんだよな」

千恵蔵は心を寄せた。

「医者には見せたのか」

「はい。近所の」

「なんて？」

「薬を煎《せん》じてもらって、それを飲ませています」

「よくなっているか」

「いえ、変わりません」

「違う人に見せた方がいいかもしれねえな」

千恵蔵が言うと、与四郎はわずかに目がぎょっとなった。

「その人が悪いっていうんじゃねえが、もっと得意な者がいるんじゃねえかと思ってな」

「親分はどなたかご存じなんですか」

「ああ」

「え？　本当に？」

「前に世話になったことがある人がいる」

「どこにいるのですか」

与四郎は訝しそうな目をしながらも、身を乗り出した。

「南伝馬町三丁目《みなみでんまちょう》の薬屋だ。ただ、もう七十くらいだから、まだやっているかどうかわからねえ」

「いえ、行ってみます。親分の名前を出せば、通じますか」

「まあ……」

千恵蔵は言葉を詰まらせながら答えた。

与四郎は、おやという顔をして、

「大丈夫ですか」

と、顔を覗き込むようにしてきいた。

「ああ」

千恵蔵は頷き、

「その前に、お前さんが行くかもしれないことを伝えておく」

と、告げた。

「ありがとうございます」

与四郎は深々と頭を下げた。

小里を見ると、さっきと変わらず、辛そうな顔をしている。

体を起こし、千恵蔵の前で正座した。

「親分、ご心配をおかけして申し訳ございません」

「何言ってるんだ。横になってなさい」

「いえ、お腹の痛みは大分よくなりました」

「だが、顔が蒼《あお》いじゃねえか」

「これも、直《じき》に治ってくると思います」

小里は小さな声で答える。

「だが、無理するんじゃねえぞ」

「はい。きっと、母と同じ体質だから……」

小里が呟いた。

「そうか」

千恵蔵は畳に目を落として言った。小里の目が見られなかった。

「はい、長い間、患っているようでした。でも、私の前では、そんな辛い様子を見せずに、常に凛《りん》としていました」

「立派だな」

「私には父がいないから、頑張らなきゃいけないと張り切っていたようです」

「……」

「母はあれだけ気丈に振る舞っていたのに、私は痛みに耐えられないなんて」

「辛い時に、気丈に振る舞う必要はねえ」

「周りに心配をかけてしまいます」

「無理して、ある時、ぽっくり逝かれちまう方が周囲は困っちまうだろう」

「ですが」

「きっと、お前さんのおっかさんも、自分と同じ過ちをさせたくないと思っているはずだ」

千恵蔵は言った。

「そうかもしれませんね」

小里は、弱々しい声で返す。

ふと、千恵蔵は昔の女に、小里を重ね合わせた。

紛らわすために、与四郎に目を向ける。

与四郎は複雑そうな顔をして、千恵蔵を見ていた。

「ともかく、その薬師を頼ってみろ。他の症状ならまだしも、お前さんの症状に関しては、その薬師の腕はいいから」

千恵蔵はそう言うと、

「それより、親分。どんなご用件でいらっしゃったので？」

顔に血の気が戻ってきた小里がきいた。

「長太が見つかったことは聞いているか」

千恵蔵は思い出したように、口にした。

「ええ、聞きました」

小里は嬉《うれ》しそうに、顔をほころばせる。

「どこにいたんですか」

与四郎がきいた。

「板橋宿だ」

「板橋？　また日光街道とは離れていますね」

「だから、仲間がいたってことだ」

「鳥九郎が日光街道を進んでいたっていうのは、どういう訳ですか」

「おそらく、陽動だろう」

「陽動？　ほかに仲間がいたということですか」

「そう睨《にら》んでいる」

「どうして」

「鳥九郎は自分に疑いの目を向けさせている。そして、関係ないことを強調して、逃れようって魂胆さ」

「やけに手のかかったことを」

「二十五年前に失敗しているから、今回は頭を使ったんだろう」

「それにしても……」

どこか信じられないような言い方であった。

「もしくは、俺のことを嘲笑《あざわら》うために、そうしたのかもしれねえ。わざと捕まえさせて、それで自らがやっていないと疑いを晴らす。それが、奴にとっての復讐《ふくしゅう》なのかもしれねえな」

咄嗟に出た考えであったが、その線も十分に考えられると思った。

ますます腹立たしくなってくる。

拳《こぶし》を固く握った。

「本当に、そうなのでしょうか」

小里が眉間《みけん》に皺《しわ》を寄せながら、口を挟んだ。

「もし復讐するなら、二十五年もその気持ちを眠らせているとは思えません」

「たしかに」

与四郎が頷く。

「ねちっこい奴なんだ」

千恵蔵はそう言ってから、

「卑劣で、低俗な奴だ」

と、さらに加えた。

「ともかく、鳥九郎が捕まっても、奴が再び解き放たれたら、また悲惨なことが繰り返される。それだけは阻止しなけりゃ」

正義感が千恵蔵にそう言わしめた。

南伝馬町三丁目、町内には紙問屋、煙草《たばこ》問屋、銘茶問屋などの各種問屋の他、庶民が入るのには気後れしそうな大きな料理屋がいくつかある。どことなく、商売の町という雰囲気がある。

並木にはなっていないが、所々に桜の木があり、半開の桜が微笑《ほほえ》ましかった。小鳥たちが桜の枝に止まり、風流であれば一句読みたいくらいの光景であった。

だが、その心はすぐに変わった。

（あいつが死んだのも、春だった）

ちょうど、桜が半開で、今のような気候に旅立った。

千恵蔵は最後の顔を見ていない。

葬儀の日、門口まで行き、心の中で別れを告げただけだった。最後まで面倒を見てやれなかったことで、顔を合わせることができないと自分を責めていた。それは、未だに同じだ。

その時の気持ちのまま、千恵蔵は薬問屋という看板の店の長暖簾《ながのれん》をくぐった。

以前よりも、頬がこけて、髪が細くなった小柄な男が薬を煎じていた。独特なにおいが店内に漂っている。

薬師は気づいて、

「どちらさまですかな」

と、近づいてきた。

目が悪いのか、細めている。

「今戸の千恵蔵だ」

「えーと……」

薬師は思い出すのに少し掛かってから、

「ああ、親分ですか。これは、失礼致しました」

と、軽く膝を打った。

「互いに歳を取りましたな」

薬師は笑い、

「その後、おかみさんは？」

と、きく、

「女房じゃねえが、死んだ。もうそれから九年も経つ」

「そうですか。もうそんな……」

「あの時は、お前さんを疑ってすまなかった」

「いや、誰でもこんな薬師の言うことなんて、端《はな》からまともに信じる者はいませんよ」

「あの薬を飲み続けていりゃあ、よくなっただろう」

「そればかりはなんとも言えません」

「少しずつしこりが小さくなってきたし、柔らかくなったと言っていた」

「そうでしょう」

薬師は頷く。

「それで、今回も同じような症状のお知り合いが？」

「ああ。その女の娘だ」

「ということは、親分の娘で？」

「俺の娘じゃない」

「他の方の？」

「いや、血は繋がっているが、俺が父親と名乗れるほどでもねえ」

「なにやら、訳がありそうな」

薬師はずばずばと突っ込んでくる。

昔から変わらない。

そのときは、このような無神経な性格が苦手であった。小里の母親の病状についても、ずばずばときき、言葉を選ばない節があった。他の医者や薬師は最善を尽くせばなんとかなるかもしれないと言葉を濁していたのに、この薬師だけは、「信じて飲み続けなければ治りません。私だけを信じて飲み続ければ、少なくともそのしこりは治ります。そうでなければ、命を落とすでしょう」と、言い切った。

その言い方が妙に気に食わなかった。

しかし、そこまで言うのならと、初めのうちは薬を煎じてもらって飲ませていた。そのおかげで、徐々に良くなっていった。しかし、あるときに、仕入れが大変になったから値上げすると、薬師が言い出した。しかも、今までの三倍くらいに跳ね上がった。

「足下を見てやがる」

千恵蔵は腹を立てて、まだ残っていた薬を他の薬師のところに持っていって、同じように作ってくれと頼んだ。それを服用させていたが、成分が違ったのか、それからまた症状が悪くなり、死んでしまった。自分が死なせてしまったという自責の念がある。

せめて、一緒に暮らしている上で死んだのであれば、女も少しは救われたのかもしれない。しかし、千恵蔵には女房がいたのだ。

「それで、親分の娘も同じ症状だから、同じような処方をしてほしいと」

「お前さんの薬はたしかに効いた」

「でも、亡くなられてしまったのでしょう」

「それは、俺のせいだ」

千恵蔵は正直にことの経緯《いきさつ》を伝えた。

薬師は表情を変えず、千恵蔵を責めることもなく、「親分に私の腕が認められて、嬉しい限りです」と、言った。

「それで、薬代なんだが」

「以前と変わりません。高いと言われますが、こればかりは仕方ありませんな」

「なら」

千恵蔵は相場が分かっているので、懐《ふところ》から小判を包んだ袱紗《ふくさ》を取り出した。

「娘夫婦に負担をかけたくねえから、俺が薬代は払う。これでまかなってくれ」

千恵蔵は袱紗を渡した。

「これは、あの方を亡くしてしまったことへの償いですな」

薬師は言った。

「ああ」

千恵蔵は素直に頷いた。以前と違って、怒りを覚えなかった。

「変わりましたな」

薬師が意味ありげに言う。

何のことを言い表しているか曖昧だが、

「年を取って、丸くなった」

と、答えた。

「でも、親分は未だに頑固でしょう」

「……」

「信念があって、いいと思いますけどね」

薬師は独り言のように言い、

「今回は私も責任を持って、治して差し上げましょう」

と、約束した。

「俺と娘の母親のことは決して話してくれるな」

「心得ております」

千恵蔵は薬師を心から信じて、薬屋を後にした。

五

翌日の朝。与四郎は小里と一緒に、駕籠《かご》で南伝馬町三丁目の薬屋へ行った。小僧の太助だけに店を預けるのは初めてのことだった。

心配であったが、

「その日は昼間の稽古《けいこ》がないから、店にいてやろう」

横瀬が言ってくれた。

「申し訳ございませんが」

与四郎は、その言葉に甘えた。

しかし、道中、心配であった。小里も同じようで、「急に何か入用になったお客さまに、ちゃんと対応できるかしら」と、駕籠の中から口にしていた。

「なんとかなるだろう」

駕籠の横を歩きながら、与四郎は答えた。

駕籠がちょうど、薬屋の前で止まる。

小里の顔色は悪くはないが、お腹を触って、「少し、しこりが大きくなった気も……」と、心許《こころもと》ない声を出した。

「ともかく、診てもらおう」

与四郎は小里の手を引き、長暖簾をくぐった。

薬のにおいのなか、奥から細身の白髪の薬師が出てきた。

薬師は与四郎と小里の顔を見るなり、

「しこりのことで？」

と、きく。

「はい」

与四郎は啞然《あぜん》として頷く。

「どうして、わかったのですか」

小里が不思議そうにきく。

「ここに来るのは、大体そういう人たちです。それに、親分がお越しになりましたよ」

薬師は平然と答えた。

続けて、

「さっそく、診ていきましょう」

と、まずは脈を測った。

それから、左右の腕のつぼを押しながら、問診していった。

薬師は的確に、小里の体の不調を言い当てる。

小里は口には出さないが、驚いているようだった。与四郎には、この者が小里の体のすべてをわかっているかのように思えた。

問診の途中で、

「先生、どうしてそこまでわかるのですか」

と、与四郎は思わずきいた。

「長年やっていると、なんとなくわかるようになります。近頃の医学は蘭学のおかげもあって、急激に進歩していますから」

「蘭学……」

「でも、蘭方医にも苦手な分野がある。特に、内儀さんのような症状は、まだまだでしょう。ですから、私に頼るのが一番いいでしょうね」

薬師は当然のように言う。

傲慢《ごうまん》にも思えるが、この薬師は本物だという思いから、不思議と嫌な気持ちにはならなかった。

「では、次はお腹を触らせてもらいましょう」

薬師は横になるように指示した。

「はい」

小里は従った。

帯を少し上げて、触りやすいようにする。

薬師は指で丁寧に押していく。

何カ所か押してから、

「少し大きくなっていますが、まだそれほど心配する必要はありません」

と、言った。

与四郎は安堵《あんど》した。だが、小里はまだ心配そうに、眉《まゆ》を顰《ひそ》めている。

「本当に、大丈夫なのでしょうか」

小里がきく。

「煎じ薬を半年も飲めば気にならないようになるでしょう。症状だって、かなり改善されるはずですよ」

「半年ですか」

「私を信じて飲み続ければ治りますから」

薬師は自信満々に言い切る。

与四郎は横たわっている小里の肩にそっと手をおき、

「飲んでみよう」

と、言った。

小里は「考えてみます」と体を起こした。

「もう親分から頂いているので、お代は結構ですよ。明日以降、またこちらに薬を取りに来てください」

「親分が?」

与四郎と小里の声が重なった。

こんなことまでしてもらうのは申し訳ないと思うと同時に、どうしてここまでしてくれるのか、やはり何か裏があるのではないかと、気になって仕方がなかった。

「でも、払います。親分には返しておいてください」

与四郎はそう言ったが、相変わらず薬代は要らないというので、

「大変申し訳ございませんが、ちょっと親分に確かめてから、また伺います」

と、頭を下げてから、薬屋を後にした。

ふたりはその足で、今戸まで行った。小里は駕籠に、与四郎はその横に寄り添うよ

うに歩いた。

道中では、千恵蔵が何を考えているのか、話し合った。

「単なるお節介だけではない気がする」

与四郎は疑っていた。

「私もここまではさすがに……。さっき横になったときに帳面に薬代が書いてあるのが見えたのですが、そこらの薬とは比べ物にならないくらい高いものでした」

「だったら、なおさら」

「親分は、きっと親切でしてくださることでしょうけど……」

「親切が過ぎる」

「下心などはないはずですが」

「そう思いたいが」

「あの親分に限っては、それは断じてありません」

小里はきっぱりと否定してから、

「でも、そこまでして頂くのは気が引けます。それに、あの先生はすごかったですが、もっと他に手だてもあるかもしれません」

と、言った。

ふたりで今度他の医者を当たってみようという話になると、今戸に着いた。

いつも寺子屋が開かれているときには子どもたちで賑やかだが、今日はいない。千恵蔵の姿はなかった。近所の者の話では、八丁堀まで行っているとのことだった。

おそらく、鳥九郎のことで同心の今泉に会いに行っているのだろう。

「また改めて来よう」

「もう少し待ってみてもいいですか」

小里が真っ直ぐな目できいてくる。

「ああ」

与四郎は頷いた。

それから、

「あの薬代だが、親分がそんなに払えるのか」

と、与四郎は思い出したように言った。

いまは寺子屋しかやっていない。町内の顔役であるとしても、それを商売としているわけでもない。

半ば隠居のような暮らしをしている。他人に施せるほどの金があるとは思えなかった。

「親分は質素な暮らしをしていますからね。貯《た》めていたんじゃないですかね」

「貯めるとしても、何かに使うからだろう。他人の高額な薬代を払うのに使うっていうのは……」

千恵蔵は何が目的なのか。ますますわからなくなる。

そんなことをしばらく話し合っていると、千恵蔵が帰ってきた。疲れたような、青白い顔をしていた。

「なんだ、来ていたのか」

千恵蔵が急に笑顔を繕った。

「親分」

小里も体を前のめりにさせて言いかけていたが、それより早く、与四郎が呼びかけた。

「その様子だと、南伝馬町の薬屋に行ったようだな」

千恵蔵が重たい声で言う。

「どうして、薬代を？」

与四郎は切り出した。

「お前さんたちのことが心配だからだ」

「安いものじゃありませんよ」

「命に代えられねえ」

千恵蔵はさらっと答えた。

「でも……」

与四郎は納得できない。その奥にある真意がききたい。

「無理しているんじゃないですか」

小里が口を挟んだ。

「いや、あれくらい」

千恵蔵は笑って誤魔化そうとする。

「親分のお気持ちは本当にありがたいのですが……」

「まあ、それなりにするが、気にするほどじゃねえ」

千恵蔵は首を横に振る。

「それより」

話題を変えたがっている。

「親分」

与四郎は改めて呼びかけて、

「そこまでして頂く義理がありません」

と、つい口がすべった。

頭の中で考えていた言葉とは違っていた。だが、腹の内ではそう思っていたのが、喉から出た。

急に小里から袖《そで》を引っ張られた。

横目で小里を見ると、嫌そうな顔をしている。

「すみません。そういう意味では……」

与四郎が訳を話そうとすると、

「申し訳なく思ってしまうんです」

小里が言い繕った。

「……」

千恵蔵は神妙な顔で、黙っている。考える顔つきである。だが、言葉が出てこないのか、どことなくもどかしい表情であった。

「ですから」

小里が言葉を続けようとした。

「せめてもの気持ちだ」

それを止めるように、千恵蔵が言う。

「いつもお世話になりっぱなしなのに」

「気にするんじゃねえ」

千恵蔵は再び笑顔で言い放った。

こちらが何と言おうとも、気にするなということしか言わない。

「本当に、それでよろしいんですか？」

「ああ」

「親分にとっては、何の得にもならないじゃありませんか」

「いや」

「どんな得になるのですか」

与四郎は迫った。

さっき、口をすべらせたからか、どんどんと訊《き》くことができる。

千恵蔵は、答えるまでに間を取った。

「一体、何を企《たくら》んでいるのですか」

心の蔵の脈が波打っている。だが、どんどんと千恵蔵に迫るような言葉が喉までこみあげてくる。

「お前さん」という隣からの小さい棘《とげ》のある声は、耳に入っていたが気にならなかった。

「ともかく、私たちは他のところも当たってみようと思います」

与四郎はさらに言った。

「いや」

千恵蔵は手を前に置くようにして発した。

「俺は若い頃にできなくて後悔していることがある。それで、お前さんたちをつい重ね合わせてしまうんだ。もちろん、小里さん。お前さんには病を治して欲しいと思うが、これは俺の為《ため》でもある」

千恵蔵は、急に熱い目で語った。

「親分の為？」

小里はきき返した。

「ああ。だから、他じゃなくて、あそこの薬師を信じてほしい」

千恵蔵が頼み込んだ。

「……」

小里は考えている。

「お前さん」

さっきよりも、ひとつもふたつも柔らかい声で、小里が呼びかけてきた。

与四郎には千恵蔵の気持ちが十分に伝わっていない。

(どうして、他人の自分たちを……)

いくら自分のためだとしても、金を払うことなどしなくていい。まして、金に余裕があるわけではなさそうなのだ。

「もし、ここで断ったらどうなさるおつもりで？」

与四郎は低い声で確かめた。

「そこまで考えていない」

千恵蔵は即座に答えた。

「思慮深い親分であれば、先のことまで読んでいるのでは……」

「いや、これは考えではなく、どうしてもそうせざるを得ないと思ったんだ」

「そうせざるを得ない？」

「ともかく、治すのは早い方がいい。お前さんたちにはわからないだろうが」

「だったら、わかるように教えてください」

「難しい」

「……」

「その時には、実感できねえ。今は他に手だてがあるとも思うし、自分たちの金でなんとかすると思うかもしれねえ。だが、もしその金があるんだったら、他のことに回してほしい。不満かもしれねえが」

「ただ、考えてしまうのです」

「善意に甘えてりゃ、それでいい。まだ若いんだから」

「もうすぐ三十にもなりますよ」

「まだまだ。これから、もっと大変な時がくるだろう。そのときに、嫌になるほど辛い思いをするから、今は無理することはねえ」

千恵蔵の言わんとしていることはわからなくはないが、どうも納得するまでには至らない。

なにか引っかかる部分があって、それがうまく言葉で言い表せないから、余計にもどかしい。

ただ、このもやもやとした気持ちは、千恵蔵に伝わっているようだ。

「お前も、いずれわかるだろう」

「……」

与四郎は何も答えられずにいた。

「親分の気持ちはわかりました。あのお薬は飲ませていただきますが、お代は払わせてください」

小里が言うと、千恵蔵は今回だけは厚意に甘えてくれと言った。

「どうしましょう」

小里が困っている。

与四郎が声を出そうとすると、

「その代わりといったら何だが、お前さんたちにはちょっと頼みたいことがある。昨日はそのことで行ったんだが、小里さんの具合が悪かったんで、伝えることができなかった。また改めて行こうと思っていたんだ」

千恵蔵が、さっきよりも大事そうに言った。

詳しく聞いてみると、お筋と長太母子のことだった。

長太は誰につれさられたのかは言っていないそうだ。復讐を恐れて、鳥九郎の名前を出せないだけかもしれないという。

そこまで話してから、

「お筋のことを頼みたい。亭主が未だに行方不明だし、倅が無事だったとはいえ、子どもをかどわかされたことで心に傷を負っている。こんなことがあったら、もう働きに出ないで、長太のそばにいようと考えるだろう。だが、そんなことしたら、あいつら母子が暮らしていく金がねえ。お筋は口には出さねえが、それを悩んでいるようにも感じた」

千恵蔵が低い声で言い、咳払《せきばら》いした。

さらに、続けた。

「俺には知恵がねえから、どうしてやればいいかわからねえ。お前さんたちなら、何か助けてやれるかと思ったんだ」

千恵蔵が託すような目を向ける。

「何ができるかわかりませんし、どうしてやることもできないかもしれません。でも、お筋さんを全く知らない訳でもありませんし、引き受けましょう」

与四郎は力強い口調で、千恵蔵に約束した。

「本当か」

千恵蔵の顔が、ぱっと明るくなる。

「明日にでも行ってみます。今日は、店の留守番を太助に任せているので、もうそろそろ失礼します」

与四郎と小里は、今戸を後にした。

第三章　千恵蔵の固執

一

花盛りの桜の木が、佐賀町の仮小屋の剣術道場を覆っていた。

与四郎がその下を通りかかると、まだ朝早いというのに、中から気合の入った声が聞こえてきた。武者窓から覗《のぞ》いてみると、横瀬と日比谷がふたりで立ち合いをしていた。持病のある横瀬だが、体調が良いときは竹刀《しない》を持つ。

このふたりの勝負を見るのは珍しい。

思わず、与四郎は見入った。

何度か竹刀を打ち合ったあと、間合いを取って、横瀬が上段、日比谷が正眼の構えになる。

ふたりの吸う息、吐く息、そして止める息がぴたりと合っていた。

「えい」

日比谷が胴をめがけて、踏み込んだ。

横瀬はただ突っ立っていた。

しかし、そう見えただけで、素早く面を打っていた。

「お見事！」

与四郎は思わず声をあげた。

束《つか》の間《ま》、

「参りました」

と、横瀬が頭を下げた。

ふたりは恐《こわ》い目つきを解き、日比谷が入ってきなさいと与四郎を呼び入れた。

与四郎は道場に入る。

どちらの顔も交互に見ながらきいた。

「いまの勝負は？」

「引き分けだ」

横瀬が答えた。

「でも、横瀬さまが面を……」

「日比谷先生に小手を取られた。左右のな」

「全く見えませんでした」

「うむ」

横瀬が頷《うなず》く。

「横瀬先生の面の方がわずかに早かった気もするが」

日比谷は謙虚に言い返す。

ふたりはこの勝負のことを気にするよりも、己の弱点を再確認したようであった。

剣術の大試合があるから、このようにふたりで立ち合いをしているらしい。

「太助も出る大試合ですか」

「そうだ」

他にも強い将来の剣客がいて、視察をしていると技では太助よりも強い。だが、太助にも勝機があるという。

太助には、同じ年代の中でも飛びぬけて気迫がある。

日比谷と横瀬はそう感じているらしい。

「もしかしたら、商売で鍛えられたのかもしれません」

「いや、元来の性格かもしれぬ」

日比谷は決めつけているようだった。

「本人には聞けなかったが、太助はどのような家系なのだ」

「ごく普通の百姓です」

「不思議だ」

どうやら、太助は幼いころに母方の祖父が庭先の大木を相手に木刀を打ち付ける姿を見ているらしい。

この間、ふと漏らしたそうだ。

与四郎は、そのようなことは一度も聞いていなかった。

「某《それがし》は太助には武士の血が流れていると思う」

日比谷は力強く言った。

「同じく」

横瀬が頷く。

侍にのみ通じる何かがあるようだ。

仮に太助の祖父がどこかの藩に仕えていて、浪人になったとしても、太助には何も関係のないことだ。

しかし、日比谷は違っていた。

「できることなら、剣の道に進んで欲しい」

本気で言っていた。

「商売も好きなようでして……」

与四郎は答えに困った。

「剣客として、大成を為《な》すはずだ」

日比谷は譲らない。頼んでいるのか、それとも勧めるのか、どちらともいえない様子で話し続けた。

今度、太助が参加する剣術の大試合でいい成績を残せたら、そういうことを考えてもいいのではないか、と提案をしてきた。

「しかし、勝てますか」

「良いところまでは行く」

日比谷は自信満々であった。

横瀬は一旦、日比谷の言葉を遮り、この大試合がそこらのものとは違うことを話した。

それによると、日本橋の『越後屋《えちごや》』が全面的に協力をしてくれて、大試合用の胴着を全員分仕立ててくれ、さらに賞金も用意しているそうだ。

幕府直臣の剣術指南役の柳生《やぎゅう》家も協力をしてくれて、老中の水野越前守《みずのえちぜんのかみ》も見学に来る。

そのような大試合の発起人が、日比谷だという。

「失礼ですが、日比谷さまはどうしてそのような伝手《つて》がおありなのでしょうか」

与四郎は疑問に思いながら、恐る恐るきいた。

「某の後ろ盾になってくれた伊藤次郎左衛門《いとうじろうざえもん》殿のおかげだ」

名古屋《なごや》の呉服商であり、天保五年（一八三四）には尾張《おわり》藩主より苗字帯刀《みようじたいとう》を許されている。七十年ほど前に上野《うえの》の『松坂屋《まつざかや》』を買収して江戸に進出し、大伝馬町《おおでんまちよう》に『亀《かめ》店《だな》』という木綿問屋も開いている。

その話の続きで、日比谷は思い出したように、

「横瀬先生から聞いたが、先日、お前さんが助けた母子《おやこ》がいるだろう」

「慶安寺のですか」

「そうだ」

「助けたというほどではありませんが」

「『亀店』の卸先で雇ってくれるかもしれない」

今度、話をしてみると、日比谷は言った。

「某とて、そんなに融通を利かせられるわけでもない。だが、訊《き》いてみることはでき

よう」

「ありがとうございます」

日比谷は快く請け合ったが、

「だが、お主のところで雇ってやることはできぬのか」

と、きいてきた。

「いえ、うちはひとを雇う必要はないのです」

それほど店を大きくしようと思っていない。今のまま続けば、贅沢《ぜいたく》さえしなければ暮らしていける。与四郎にも小里にも、何か大きな金が必要になることはない。

「それなら、わしに任せてもらおう」

日比谷は笑みをうかべた。


道場を辞去したが、日比谷の言葉が耳朶《じだ》に残っていた。

ひとを雇うということだが、慶安寺の母子ではない。長太の母親のお筋のことだ。

亭主の絹助は畳職人の親方としての腕は確かだが文字の読み書きや算盤《そろばん》勘定ができないので、そのようなことはお筋がやっていたと聞いた覚えがある。

『足柄屋』の帳面を任せれば、小里の負担も減らせるだろうし、その分小里が他のことに労力を回せるだろう。

田原町へ向かった。歩きながら、『足柄屋』で雇うことができるのか、と考える。

小里にそんな余裕はないと言われるかもしれない。

もし小里が賛成したとしても、お筋にとって、佐賀町に戻ってくることが望ましいのかどうかもわからない。無理に、世話を焼いてもいけない。ちょうど、千恵蔵が小里にやたらと親切にするように、与四郎が情けをかけるつもりでいても、嫌な思いをする人がいるかもしれない。

葛藤《かっとう》しながらも、自身番でお筋の住まいをきき、教えてもらった裏長屋へ行ってみた。長屋木戸の先に差し込む柔らかな陽射《ひざ》しが、井戸端でやつれた姿で子どもの着物を洗っているお筋を照らしていた。

襟元の汚れを一生懸命に落とそうとして、口元が力んでいる。目には、どこか哀愁が漂っていた。

与四郎が近づくと、お筋が手を止めた。

「あっ」

着物を持ったまま立ち上がり、頭を下げた。申し訳なさそうな顔をして、何度も詫《わ》びの言葉を述べた。

「長らくご無沙汰《ぶさた》しておりまして」

お筋は恐縮している。

「そんなに畏《かしこ》まらないでください」

「あのときは何の挨拶《あいさつ》もせずに引っ越してしまって、本当に申し訳ございません」

長々と言い訳をすることもなく、ひたすらに謝った。まるで、地面に額をつけて平伏しそうな勢いであった。

「大変だったのはよくわかりますから」

与四郎は安心させるように、笑いかける。

「もう七年くらいになりますか」

しみじみと投げかけた。

「そのくらいに」

お筋は遠い目をしながら、声が震えていた。涙がにじんでいるわけではない。どんな心情なのか、推し量ることが難しかった。

「長太のことは聞いています」

与四郎は切り出した。

「その件でも、ご迷惑を……」

「いえ。今日来たのは働き口についてです。千恵蔵親分が、何か手助けできないかと話を持ち掛けてきまして」

この時、迷っていたことは、頭の片隅からすぐに消えた。

『足柄屋』で雇った方が、親子のためである。

「もしよろしければ、うちで働きませんか」

与四郎は誘った。

「え、どういうことですか」

お筋は目を丸くして、驚いている。

「私は一人立ちして、佐賀町で女房の小里と小間物屋をやっております。今は太助という小僧を雇っています。太助がいることもあり、交互に荷売《にない》りにも出ています。かといって、商売が繁盛しているわけではございませんが、もうひとり雇おうかと考えていたところです」

咄嗟《とっさ》に出た言葉であった。

一瞬、小里の顔が脳裏《のうり》を過《よぎ》った。さすがに、独りで決めることはできない。

(気を利かせ過ぎた)

しまった、と思った。だが、目の前のお筋が目を輝かせていた。

後戻りはできないとばかりに、

「ですから、ちょうどそのような話がありますので、お筋さんに如何《いかが》かなと」

と、もう止まらなくなっていた。

「そんな良いお話を」

「ご迷惑でなければ」

「喉《のど》から手が出るほどありがたいお話です」

「それでは」

「ですが……」

お筋は言葉を止めた。

何か心配そうに、考えているようだ。

「どうなさったのですか。長太といっしょに佐賀町に引っ越してくれれば……」

「いえ、そうではありません」

「なんでしょう」

「小里さんが、それでよろしいのかと……」

お筋は不安げな上目遣いで、与四郎を見た。

「どうして反対などしましょう」

「与四郎さんは、うちの人と似たところがありますから」

「絹助さんと？」

「悪く受け取らないでください。他人に気を遣《つか》い過ぎるといいますか」

「そんなことはありません」

「なら、いいのですが」

お筋の表情は少し緩やかになったくらいであった。

「また伺いますので、どうするかお考えになってください」

与四郎はそう言い残して、田原町を後にした。

帰ってから、正直に小里に告げた。

小里もその考えはなかったようで、

「うちで働いてもらう……」

と、戸惑っていた。

「どうにか力になれないだろうか」

「ちょっと待ってください」

小里が帳面を開き、算盤を弾《はじ》く。

計算してから、「それくらいの余裕はあります」と、言った。

「それに、店に私とお筋さんがいて、お前さんと太助が荷売りに出たら、もっと儲《もう》けが出るでしょうから」

「たしかに」

その上、いま体調がよくない小里のことを考えれば、お筋が傍《そば》にいてくれたら与四郎も安心だ。

「お筋さんはそれなりに学がありそうですから、うまくやっていけると思います」

「なら、明日にでもまた話してくる」

「そうしてください」

翌日の昼過ぎ、与四郎は再び田原町の裏長屋へ行った。

お筋をもう一度誘ってみると、今度は安心したように、「それではお願いいたします」と頭を下げた。

少し粘らなければいけないかと考えてきただけに、意外であった。

「何か、心境の変化があったのですか」

与四郎はきいた。

「いえ」

お筋は首を横に振ってから、

「ちゃんと、小里さんにお話したのだなと思いまして」

と、微笑《ほほえ》みを浮かべた。

「え？」

「すみません。間違っていたら申し訳ございませんが、あの時の与四郎さんの様子からして、まだ小里さんに相談する前に、あのお話を持ち掛けていただけたのかと」

「それは……」

与四郎は誤魔化すことができなかった。

素直にその通りだと認めて、

「どうして、わかったのですか」

と、驚きながらきいた。

「うちのひとと似ていますから」

絹助も人助けのために、勝手に決めることがあったという。それに、まだお筋が佐賀町に住んでいるときに、絹助から与四郎のそのような性格を聞いていたと言っていた。

「それにしても、ここまで読まれているとは……」

自身のことが、恥ずかしくなった。

思わず顔を俯《うつむ》けると、

「でも、そのようなお心遣いをしていただけて、本当に感謝をいたしております」

お筋がにっこりと笑って、頭を下げた。

「じつは、ここから引っ越したいと思っていたところなのです」

「何かあったのですか。もしか、かどわかしのことで？」

「いいえ。あの子はかどわかされていないと頑なに否定するので、何かしら事情があって勝手に中山道を行ったのだと思うようになりました。じつは別の訳がありまして」

「別の訳ですか」

「はい、怪しい男が時たま来るのです」

お筋は険しい目で言う。

「怪しい男？」

「まだ私たちが下谷山崎町に住んでいた頃《ころ》なのですが、私たち親子のことをきき回っている男のひとがいたらしいんです。その男の人は姿を見せないのですが、なんだか気味が悪くて、それで田原町に越してきたんです。そしたら、数年してまた近所の者たちが私たち親子のことをきき回っている男の人がいたと言っていまして」

「同じ人物だと？」

「わかりません。でも、私たち親子に用がある人なんているはずありませんから。それが二年前で、去年もそのきき回っていた男の人が姿を現したと、近所のおかみさんが言っていました」

「お筋さんの前には現れないのに、またやってくるっていうのは、見張られているようで気味が悪い話ですね」

「そうなんです。今回のこともありましたから」

お筋は暗い声色で言った。

「では、なるたけ早く引っ越せるようにいたしましょう」

与四郎はお筋に紅を置いて帰った。

二

浜町河岸《はまちょうがし》を歩いていると、たまたま『長崎屋』の番頭に出くわした。

番頭は与四郎の顔を見るなり、

「虫眼鏡の件、どうですか」

と、心配そうにきいてきた。

「あっ」

小里の体調が悪いことや、長太とお筋のことが重なり、虫眼鏡のことはすっかり忘れていた。

正直に、そのことを話した。

「いえ、うちの旦那《だんな》が無理を言って申し訳ございません。足柄屋さんもお忙しいというのに」

「引き受けた以上、なんとかして」

「ご無理なさらずに」

それから与四郎は再び、本所に住む北斎の元を訪ねた。

だが、まだ北斎は帰ってきていない。

「いまは足柄屋さんの故郷のほうにいるようです」

応為が見せてくれた文には、富士山を背景にした絵が描《か》かれていた。そして、その土地の様子を文字でも書いてある。さらには、虫眼鏡でよく観察できることも触れられていた。

「こうやって、どこかへ赴いたときには文を寄越《よこ》してくるんです。私宛《あて》というより、自分があとで思い返せるようにでしょうけどね」

　応為は苦笑いした。

「そういうわけで、しばらくは帰ってこないでしょうし、あの虫眼鏡を買い戻すことは難しいと思ってください」

　与四郎は、北斎の虫眼鏡をあきらめるしかなかった。

　渋川も渡してくれそうにない。

『長崎屋』が売っていなかったとしても、どこかで同じものを手に入れた者はいないだろうか。

　虫眼鏡を使うとなれば、虫や、草花が好きな者。北斎のように、絵師でも持っている者がいるかもしれない。

　いずれにしても、オランダ人や出島《でじま》にかかわる商人から買うしかない。

　渡辺崋山《わたなべかざん》。

　与四郎の頭に、その名前が浮かんだ。

　本名は渡辺定静《さだやす》。田原《たはら》藩の江戸家老である。崋山というのは、絵師として、さらに文人として使う名で、そちらの方が流布《るふ》されている。

　蘭学者ではないものの、蘭学に対する理解があり、蘭学者の指導者的な立場であった。天保の飢饉《ききん》の対策として作られた蘭学者や儒学者の集まりの尚歯会《しょうしかい》の一員でもある。

与四郎は夕方近くになり、三宅坂《みやけざか》の田原藩上屋敷を訪ねた。ここの女中たちの中にも、与四郎の小間物を買ってくれる者がある。

商売で、月に数度は通りかかる。

門番も見知った顔で、

「今日は遅くに」

と、驚いたように言った。

「商売で来たわけではないのです。渡辺さまにお会いしに参りました」

「渡辺さまはいま出ておられる」

「そうですか」

「だが、直に帰ってくるだろう」

「では、こちらでお待ちしておってもよろしいですか」

「構わぬ」

与四郎は門番と話しながら、渡辺の帰りを待った。この門番は渡辺のことを尊敬しているように、「渡辺さまのおかげで、田原藩はこのような世の中でも、餓死者を出さないで済んでいる」と誇らしげに語っていた。

天保三年（一八三二）、江戸家老になった渡辺は、田原藩に飢餓《きが》がもたらされる前に対策として、報民倉《ほうみんそう》という食料を備蓄するための倉を建てた。そして、実際に危機が訪れたときに、その倉を開放して、領民に分け与えた。そのおかげで、餓死者どころか、流民すら出さなかった。これは、他の藩では考えられないことだと豪語した。

そんなことを話していると、三人の男たちが上屋敷に戻ってくる姿が少し先に見えた。その中に、渡辺はいた。

ふたりは初めて見る顔だが、渡辺とやけに親しそうに話している。さらに、渡辺が尊敬の眼差《まなざ》しを向けているようにも見える。

「鈴木春山《すずきしゆんさん》さまと、村上範致《むらかみのりむね》さまだ」

門番が教えてくれる。

どちらも、渡辺が新しく藩に招いた学者で、鈴木は兵学、村上は砲術に長《た》けているという。

これから戦でもするかのような重々しい肩書であったが、ふたりの顔はとても穏やかだった。

三人が近づくと、渡辺は気付いたかのように、一歩前へ出た。

「こんな夕刻に珍しい」

「少々お話が」

「なにやら深刻だな」

「いえ、大層なことではありませんが」

与四郎は遠慮がちに言う。

「どんなことだ。どうせ、誰《だれ》かから頼まれたことだろう」

「ええ」

「誰なのだ」

「長崎屋さんにございます」

与四郎は言った。

心なしか、鈴木と村上が反応した。

「長崎屋とは、何事かな」

渡辺が神妙な顔をする。

「実は虫眼鏡を探しているようでして」

与四郎は懐《ふところ》から、虫眼鏡の詳細が書かれた紙を取り出した。

渡辺に渡すと、ふたりがのぞき込む。ふたりともオランダ語が理解できるのか、読んでいた。

「これがどうした」

「探しているそうです。一度売ってしまったものだそうですが、新たに欲しいと仰《おつしや》る方がいるそうで」

「欲しいというのは？」

「旗本だと」

「どちらさまだろう」

渡辺が首を傾《かし》げる。

「そこまでは聞いておりません」

与四郎は答えた。

「もし」

鈴木が口を挟んだ。

「知り合いに、舶来品を集めている方がいる。その者に聞いてみよう」

すると、村上も同調するかのように、

「私も聞いてみよう」

と、言ってくれた。

「恐れ入ります」

与四郎は恐縮しながら、あまり引き留めては申し訳ないので、その場を後にした。

それから、現状を報告するために、『長崎屋』へ赴いた。

「渋川さまは手放したくないそうで、北斎先生は旅先から帰っておられないのですが、応為先生が仰るには多分返したくないだろうと」

「当然、そうなるな」

源右衛門はわかっていながらも、肩を落とすように言った。

「他のところも当たりましたが、お持ちの方はいまのところは見つからず」

「うむ」

「どうなさいますか」

「そうよな」

源右衛門は苦しそうな顔をする。

「ちなみに、どなたが欲しがっておられるのでございますか」

与四郎はきいた。

「川路聖謨《かわじとしあきら》さまだ」

知らない名前だった。

勘定吟味役の幕臣だと、源右衛門はすぐさま付け加えた。

「そんな方がどうして虫眼鏡を？」

「わからないが、何事にも熱心な方だ。近頃では、尚歯会とも近づき、蘭学を学んでいるという噂《うわさ》も耳にする」

元より異国贔屓《びいき》の者ではなく、必要なことはたとえ幕府が認めなくても学び、それを政《まつりごと》に活《い》かそうという人物だという。

優秀だが、いくら上役といえども公正な態度で臨む。そのような性格のせいで、嫌われていることもある。

少なくとも源右衛門はこれから上に立つ人物のような気がすると言い、

「投資だと思って、贔屓にしているのだ」

と、語った。

渋川や北斎などよりも大切な客だと言わんばかりであった。

「嫌味がなく、非常に面白い御方《おかた》でな。一度関《かか》わってみると、お前さんも川路さまに魅了されるだろう」

源右衛門は自信を持って言ってきた。

「話は戻りますが、虫眼鏡が戻ってこない場合はどうなさるおつもりで？」

「そのときには諦《あきら》める。もともと、川路さまは何がなんでも欲しいというわけではない。他のことで、川路さまのお役に立てることもあろう」

「では、そのときにも仰せつかりますので」

「いつもすまないな」

「いえ、これしき」

源右衛門は酒でもどうだと誘ってくれたが、

「女房の体がすぐれないので」

と、断った。

「何があった？」

「どうやら、お腹《なか》にしこりがあるそうで」

「しこりか」

厄介だと言わんばかりの顔をした。

『長崎屋』は元来、薬屋である。唐人参《とうにんじん》を扱っている。それが、血の巡りを良くする作用と止血、止痛を併せ持つと言い出した。

「持っていくか」

「でも」

「金なら要らぬ」

「そんな、きっと高いのでしょう」

「世話になっているからな」

「いいえ、そんなことはできません。それに……」

与四郎は千恵蔵から南伝馬町三丁目の薬屋を紹介されたことを告げた。

源右衛門は苦笑いしながら、

「なんだ、あそこか」

と、複雑な顔をしていた。

「ご存知で？」

「もちろん。その界隈《かいわい》では、有名な薬師だ」

「しかし、いま快からぬ顔を」

「あの方の腕は、私も認める。いや、誰もが認めるだろう」

源右衛門は言葉を選ぶように間を置きながら、

「だが、何せあの人は癖が強すぎる。自分が一番だと思ってらっしゃるようだし、他人の言うことには耳を貸さない」

言われてみれば、納得できる。

頑固な性格が、顔にも表れていた。

「その上に、他の薬師をこき下ろすから評判もよくない。だから、快からぬ顔をしたんだ」

源右衛門は理由を告げた。

「その薬を飲んでいればよくなるということですか」

「確実に治るとは言えぬが、よくなるはずだ」

与四郎は安心した。

「では、また来ます」

南伝馬町で煎《せん》じ薬を受け取ってから、佐賀町に帰った。

『足柄屋』に戻ると、小里は寝間で横になっていた。顔色はいい。

「どうだ？」

「ええ、心配しすぎです。何かあれば、太助もいますし」

「稽古に行っている間はひとりじゃないか」

現に今もそうだ。

「すぐ近くですし、一刻《とき》もあれば帰ってきます」

「そうだが」

「心配されすぎると、かえって体に悪い気がしますよ」

小里は振り払うかのように言い放った。

「そういえば」

与四郎はさっき源右衛門から聞いた南伝馬町の薬師についての評判と、その薬を差し出した。

「さっそく飲んでみるか」

「はい」

与四郎は薬を小里に飲ませる。いかにも、苦そうな茶色く濁った色で、独特なにおいも鼻についた。

小里は顔をしかめながら、薬を飲んだ。

「苦いか」

「飲めなくはないです」

「効いてくれればいいが」

小里は息を止めるようにして、飲み切った。

口直しに、水を口に含む。

「そういえば、どうして、『長崎屋』に?」

小里は不思議そうにきいた。

虫眼鏡の件は伝えていなかった。

与四郎は正直に告げた。

「また、そんなことをして」

お筋の件は構わないが、そのことに関しては親切にし過ぎだと注意された。

「お困りになっているんだ」

与四郎は眉根《まゆね》を寄せながら言い返した。

「誰も譲ってくださらないのでしょう?」

「渡辺さまが藩に招いた学者の鈴木さまと村上さまが見つけてくださるかもしれない」

「本当に見つけられるのでしょうか」

「……」

「無理のないようにしてくださいね。お前さんも絹助さんみたいになっては困りますから」

「止《よ》してくれ」

与四郎は笑い飛ばした。

ただ虫眼鏡を探すだけだ。絹助のようにはなるまい。

それでも、小里の心配を胸に刻んだ。


翌日から、虫眼鏡のことにあまり力を入れずに商売を続けていた。一日ごとに、与四郎と太助が交互に荷売りに出る。

各地の桜は満開で、江戸の町も艶《あで》やかになってきた。桜を見るためだけに道を歩く者も多かった。

桜が見事な寛永寺《かんえいじ》の脇《わき》を歩いていると、

「足柄屋さんですね」

いきなり声をかけられた。

与四郎は誰だろうと、振り向いた。

中肉中背で、面長な顔に見合った高い鼻、大きな切れ長の目の男がいた。

一見、どこか不気味にさえ思える鋭い目つきであったが、

「深川佐賀町の『足柄屋』の旦那でございましょう」

と、にこやかに微笑んだ。

笑うと、目がなくなり、いかにも人の良さそうな顔をする。

「そうですが」

この男を思い出せない。

「お初にお目にかかります。本庄茂平次《ほんじょうもへいじ》というものでございます」

「本庄茂平次さん」

「足柄屋さんが虫眼鏡をお探しだとお伺いしまして」

と、茂平次は口にした。

「はい。どうして、それを」

「鈴木先生から、お話を聞いたんでございます」

「鈴木先生……」

知り合いでも、同じ姓の者は何人かいる。誰だろうと思っていると、「田原藩の鈴木春山先生で」と、茂平次は言った。

「あの、兵学者の」

与四郎は思い出した。

「そうです。私は鈴木先生の御用聞きのようなことをしています」

茂平次は頷いてから、

「その虫眼鏡ですが、手に入るかもしれません」

と、見つめてくる。

「本当ですか」

「実は、私は長崎の出でして、地役人をしておりました」

数年前に、江戸に出てみたいということで、今までの地位を捨てたといった。

「知り合いの大坂の商人が、江戸に来ていて、色々と話をしたんです。そしたら、多分あなたが探している虫眼鏡を見かけたと言っておりました」

もし、なんなら頼んでおきましょうかというように、与四郎を見つめた。

「ぜひ、聞いてみていただけますか」

与四郎は言った。

「かしこまりました」

茂平次は頷く。

「じつは虫眼鏡を探しているのは勘定吟味役の川路聖謨さまだそうです」

与四郎は教えた。

それから、ふたりは近くの腰掛茶屋に入り、身の上話をした。茂平次は見た目によらず話しやすく、つい本音で喋《しゃべ》った。

　小里のお腹にしこりがあることや、長太が急にひとりでどこかに行ってしまったこと、それで千恵蔵が二十五年前に捕まえた鳥九郎を疑っていることまで話した。

「鳥九郎……」

　茂平次が繰り返す。

「ご存知で？」

「知り合いではありませんが、名前を聞いたことがあるような」

「ただの棒手振《ぼてふ》りですよ」

「昔は医者をしていたとかではありませんか」

「さあ、そこまでは……」

　与四郎は首を傾げた。

「こうやって聞いていますと、足柄屋さんも大変ですな」

「いえ、私は何も」

「そんなご謙遜《けんそん》なさらずに。あなたが歯車になることで物事が円滑に運ばれるんですよ」

「どうでしょう」

「そうですとも」

茂平次は当たり前だとばかりに大きく頷く。普段、世辞などを言われることに慣れない与四郎だが、茂平次に褒められるとなぜか心地よかった。

しばらく話してから、

「また虫眼鏡の件で、お伺いします」

と、別れた。

三

長太が急にいなくなってから、もう半月は経《た》った。探索をし続けたが、一向に真相がつかめない。なにより、本人がかどわかしを否定している。鳥九郎の行動に不審な点があるが、だからといって長太を連れ去ったり、仲間がいたと考えるまでの証《あかし》が出てこない。

「かどわかしはなかった」

これが、今泉が下した判断だった。

新太郎も納得した。

長太には隠し事がある。どうして中山道を上ったのかはわからない。しかし、その目的を探ることは、長太とお筋の母子にとって、いいこととは思えない。

千恵蔵にそのことを告げると、

「まったく」

舌打ちをしていた。

「奴《やつ》はかならずやっている」

千恵蔵は引かなかった。それどころか、新太郎の調べに不備があるという論調だった。

「証がありません」

「だからといって、無実だということも」

「親分も十分にわかっているように、必ずやっていると示せなければ裁けません」

「だから、その証を探すために、もっと力を入れろってえんだ」

「そこまで乗り出すことも無駄という判断です」

新太郎は強く言い返した。

「なら、いい」

千恵蔵はひとりで探すと、いきり立っていた。

止めようとしたが、こうなったら手の付けようがない。

「あまり意固地にならないでください」

そう警告して、その場を去るしかなかった。

新太郎はその足で、『足柄屋』へ行った。

すでに暮れ六つを超えていた。暖簾《のれん》はしまってあったが、店の中から他人の気配を感じた。

土間に入ると、小里が帳場に座っていた。心なしか、顔色が悪かった。

「親分」

小里は立ち上がろうとする。

「具合でも悪いのか」

「ええ、少し」

よく見ると、小里の額から冷や汗が流れ、唇が白っぽくなっている。

「血の流れが悪いんじゃねえか」

「そうなんですが」

「もしや」

しこりでもあるのではないかと思った。小里の母親も、しこりがあり、同じ症状になっていたと千恵蔵からきかされている。

確かめてみると、

「よくわかりましたね」

小里が辛《つら》そうに答える。

新太郎は複雑な顔をしながら、「まあな」と重たい声で言った。

「親分の回りにもいたんですか」

「ああ」

「では、南伝馬町三丁目の薬屋もご存じで？」

「知っている」

新太郎は頷く。

その時、与四郎が戻ってきた。

「あ、親分」

そう言ったのも束の間、小里が目を剝《む》いて倒れそうになり、床に手をついた。

新太郎は思わず、小里に手を差し伸べようとした。

それよりも早く、与四郎が駆け寄った。

「すみません」

与四郎は小里に肩を貸し、奥に連れていった。

しばらくして戻ってくると、

「しこりがあるようだな」

新太郎は言った。

「そうなんです」

「南伝馬町の薬屋に行ったようだな」

「ええ」

与四郎が浮かない顔をする。

「薬師とは合わなかったのか」

「そうではありません。長崎屋さんも認めているほどの方です。薬を調合してもらっています」

「そうか。だが、薬代が高いだろう」

「あいつの体のことです。そこは惜しむことはないのですが」

与四郎は少し間をとってから、千恵蔵が小里に薬代を出してくれたと口にした。以前から、与四郎が千恵蔵に対して複雑な気持ちでいるのを新太郎は知っている。

千恵蔵も、それで悩んでいた。

「親分の親切に甘えるんだな」

新太郎は言った。

「なんだかすっとしないんです」

与四郎は首を横に振る。どうして、そこまでしてくれるのかがわからないようだ。

「そういう人なんだ」

そう答えるほかになかった。

千恵蔵が小里の実の父親だ、とは口が裂けても言えない。

「このままでは気味が悪くて素直に親切を受け取れません」

「親分は本気で小里さんの為《ため》を思っているんだろう。治ってほしいと考えているからこそ、安くない薬代まで都合したんだ。本人が語らねえんだったら、訳なんかどうだっていいじゃねえか」

「千恵蔵親分の厚意に甘えることが、小里の為になるとお考えですか」

与四郎が納得していないようすできく。

「ああ、違いねえ」

新太郎は思い切り頷き、

「意固地になっていちゃ、うまくいかねえぞ」

と、言葉を添える。

さっきも、意固地という言葉を千恵蔵に対して使ったのを思い出した。

「千恵蔵親分は今回の長太の件を引きずっている。小里に注意してもらえば、親分も聞いてくれるだろうと思ったんだがな」

新太郎は言った。与四郎はわかるとばかりに大きくうなずく。

「千恵蔵親分は二十五年前のことに固執しているように思える」

「絹助さんのかどわかしですよね」

「ああ」

「私もその件を町内のお年寄りに聞いてみたのですが、詳しく知っている方がいないんです」

「そうに違いない」

新太郎は当然のごとく答える。

絹助がかどわかされた件は、皆、触れたがらない。

「訳がある」

新太郎はひと呼吸置いてから、

「当時の同心は、今の同心今泉の旦那の父親だった。その下に、岡《おか》っ引《ぴ》きとして、千恵蔵親分が当たっていた。まだ親分になって一年くらいしか経っていなかった。俺《おれ》はまだ十八歳だったが、千恵蔵親分の手下になっていた。千恵蔵親分は絹助の件に駆り出されたんだ」

と、二十五年前のことを口にし、

「だが、これを伝えなきゃ、親分がなぜ鳥九郎に執着しているかわかってもらえねえからな」

あの頃、佐賀町は今よりも、賑《にぎ》わいがあった。富岡八幡宮の参拝者は多く、土産物屋《みやげものや》の数も多かった。

その一角に、『花屋《はなや》』という土産物屋があった。小さいながらも、品揃えがよく、また店主の愛想がよいのでいつも客の入りが多かった。そこの店の亭主が、絹助の父親だ。

絹助の母親は若くして亡くなっていた。しかし、近所のおかみさんたちが、皆で母親代わりとして育ててくれていた。

そのおかげで、絹助の父親は商売に精を出すことができたが、それもあの日までだった。

三月十四日。

佐賀町では、忠臣蔵祭《ちゅうしんぐらまつり》と銘打って、毎年三月十四日と十二月十四日は、町を挙げて催しがあった。

佐賀町といえば、赤穂《あこう》浪士が討ち入りを終えたあと、休息をしたことで知られている。それにちなんだ催しだった。

はじめのうちは、討ち入りの十二月十四日だけ開催されていたそうだが、ちょうど気候も心地よくなる浅野《あさの》内匠頭《たくみのかみ》の命日三月十四日にも、いつからか行うことになった。

その日、忠臣蔵祭もあって、町はいつになく賑わっていた。そして、『花屋』では店の前に床机《しょうぎ》を並べて、茶や菓子を楽しんでもらっていた。いつもなら絹助が遊んでいるときにも、誰かしら大人の目があったが、その時に限ってはひとりであった。

そこに、ある男が近づいた。

鳥九郎だった。

後の取り調べで、「たまたま忠臣蔵祭に行ったら、ひとりで遊んでいる子がいたんです。それが、私の好みの男の子だったので、つい……」と、このときを狙《ねら》ったわけではないと語っていた

鳥九郎は絹助に、

「一緒に遊ぼう」

と、手を引っ張って、千住宿までやってきた。

ちょうど、江戸を離れて、故郷に帰ろうと考えていたときだった。実際に、鳥九郎はかどわかしの前に住まいを引き払っていた。

そして、鳥九郎は千住宿の手前、小塚原の近くの空き小屋に勝手に住み、そこで絹助を監禁した。

常に同じ行動をして、厠《かわや》へ行くときにも付いていった。寝るときには、逃げないように互いの手を縄でくくりつけていた。

それが半月にも及んだ。

その間、千恵蔵たちは絹助の行方をずっと探していた。かどわかしたのが、鳥九郎らしいということまではわかっていた。しかし、確固たる証もなかった。

絹助の父親は、はじめは千恵蔵の懸命な探索に感謝しながらも、なかなか見つけ出せないと苛立《いらだ》ちを募《つの》らせて、あるときには千恵蔵を強く非難するようにもなった。

「必ず見つけ出してみせる」

千恵蔵は負けじと言い返した。

その日から、千恵蔵は本当に鬼のようになり、鳥九郎を探すことに尽力した。

そして、半月が経った頃。

千住宿の近くの小屋で、鳥九郎らしき者を目撃したという話を耳にした。その男が、子どもと一緒にいるところも見られている。
新太郎は千恵蔵や鳥九郎の顔を知っている者らと共に、その場所へ赴いた。
いきなり小屋を訪ねず、近くでその小屋を見張った。
夕方近くに、小屋から鳥九郎らしき男が出てきた。
「あ、鳥九郎です」
一緒にいた者が顔を検《あらた》めた。
「よし」
千恵蔵が乗り込み、新太郎は取り逃がしたときのために、小屋の裏手に回り込んだ。
合図は千恵蔵が出した。
新太郎は構える。
千恵蔵が鳥九郎を抑え、他の手下らが小屋に雪崩《なだ》れ込む。
すぐに裏手から、絹助が裸足《はだし》で逃げてきた。
新太郎は恐がらせないように、
「絹助、助けに来たぞ」
と、声をかけながら近づき、抱きかかえた。
新太郎の腕の中で、絹助は思いきり泣いた。

約半月に渡ったかどわかしは、これで終結した。

しかし、絹助や父親の苦しみは終わらなかった。

ひとりでいることが恐ろしくなり、時には叫ぶこともあった。それもあって、父親は仕事どころではなくなり、常に絹助のそばにいるようになった。

「またいなくなったら、今度こそ、私は心身ともに崩れてしまいますよ。こんなことを言っては申し訳ないですが、親分たちは本当に探してくれているのかって疑う気持ちも湧いてきてしまいましたし、なにひとつ悪いことしていないのに、報《むく》われない世の中っていうのが、本当に腹立たしく思いました」

父親は、新太郎にそっと漏らしたことがあった。

新太郎はまだ若く、気の利いたことを言ってやれなかった。それどころか、なぜか涙がこぼれた。

「未《いま》だに傷が癒《い》えていない、いや、この傷はずっと負って生きていかなければならないんでしょう」

新太郎は口にした。

そのとき、父親の目が変わった。

「あなただけだ」

「え？」

「千恵蔵親分は、倅が無事に帰ってきて、さらに鳥九郎が捕まってよかったって、私に言ったんです」

「はい、たしかに」

「私たち親子にとっては、まだ終わっていないんです。大人のひと月と、子どものそれとは違います。きっと、一年にも二年くらいにも感じるかもしれません。その期間を奪われたんです」

「……」

「そのせいで、いまもあの子は楽しいとか、嬉《うれ》しいという気持ちを失ってしまっています。ずっと何かに怯《おび》えているんです。帰ってきても、笑顔を見ることは一度もないんです。一度たりとも」

父親は力を込めて言った。ずっと心にたまっていたものを発散するかのようだった。

絹助が昔のような笑顔を取り戻すまでに数年かかった。再び笑うようになってからでも、まだ怯えることがあった。夜も熟睡できたことがなかった。

父親は寄り添い続けたが、心労もあってか、かどわかしから五年後に突然倒れて、そのまま亡くなってしまう。

絹助は日本橋久松町《ひさまつちょう》の畳職人が面倒を見てくれることになった。その男は無口で人付き合いが良いほうではなかった。しかし、根が優しく、困ったものを見捨てておけない。

絹助がつい人助けをするようになったのも、その男によるものだろう。本人からしてみれば、人助けをしているつもりはないのだろう。

絹助自身、かどわかしの後は、以前よりも活発ではなくなった。その分、畳職人としての技を磨いた。

面倒を見てくれた畳職人は、絹助が十六の時に亡くなった。その頃には、絹助は独り立ちしても客が付くほどの腕前にはなっていた。

住まいを佐賀町に戻した。

「なぜかわからないのですが、佐賀町が好きなんです」

絹助はそう言っていた。

きっと、理由は他にあるはずだが、新太郎には告げなかった。

腕は一人前で、口下手で、真面目《まじめ》な性格なだけに、贔屓にしてくれる客が多かった。

絹助がかどわかされたこと自体、町としてもあまり公にしたくない出来事だったのか、当時そのことを知っている一部の者だけが、自身の内に留《とど》めていた。

佐賀町に越してから数年が経ち、富岡八幡宮の目の前にある腰掛茶屋の茶汲《ちゃく》み女で
あったお筋と一緒になった。
絹助が一目惚《ひとめぼ》れをして、何度も通った。
それまで吉原や品川といった遊処《ゆうしょ》へは一度も行ったことはなく、女というものを知
らなかった。
一方、お筋は人気の茶汲み女で、狙っている男は多かった。
しかし、お筋には浮ついた気持ちもなく、一生涯共にする伴侶《はんりょ》は、金がなくても真
面目な人がいいと考えていた。
それには、絹助がぴったりだった。
奥手の絹助がお筋と好《い》い仲になったのは、見初めてから二年近く経ってからだった。
それまで、茶を受け取るときや、代金を払うときに、数言交わすだけだった。
ある時、お筋の実家で畳を新調する機会があった。それを、絹助が只《ただ》で引き受けた
ことからふたりの仲は進展したそうだ。
新太郎はそこまで語ってから、
「あとはお前さんの知っての通りだ。絹助があんなことになってしまって……」

と、呟《つぶや》いた。

「七年前のことも、私はよくわかっておりません」

「こっちとて、同じだ」

「お伊勢参りに行ったきり……」

与四郎は不思議だと言わんばかりに、首を傾《かし》げた。

「何かの巻き添えになったのかもしれない。はたまた、行き倒れたかもしれないし、山賊に襲われたのかもしれない」

新太郎は羅列《られつ》する。

かといって、根拠はない。

長太と同じく、誰に何をされたという証がないのだ。

「もう長太の件は調べないんですよね」

「ああ。そうだ。だが、千恵蔵親分が……」

意固地になっている千恵蔵のことを小里に頼もうとしたが、

「小里を大事にな」

と言い、新太郎は諦めて引き上げることにした。

四

桜が咲き誇っている。この日の昼間、剣術大試合が回向院《えこういん》の境内《けいだい》の一角で行われる。

部門はふたつ。

ひとつは太助が出る十六歳以下の部。およそ、五十名が集まっていた。

もうひとつは、十七歳以上の部。これは、十六歳以下の部の二倍ほどの参加者である。

どちらの部門にせよ、江戸の大きな剣術道場から、名前も聞いたことのない流派まで、そろっていた。

本当は小里も見に来たかったと言っていたが、大事を取ってあまり出歩かないようにと、与四郎が釘《くぎ》を刺した。

「お前の晴れの日なのに、見に行けなくてすまないね」

小里は大試合を観《み》に行くことを諦めた。

「何言っているんですか。お医者さまからも安静にするように言われているじゃありませんか」

「もう出歩いてもいいと思うんだけど」

「いや、それはいけません」

太助が強く否定する。

居間にお筋が白湯を運んできた。数日前から働き始め、小里の代わりをうまく務めている。長太も一緒に付いて回っていた。

「お内儀《かみ》さん、まだ止した方がいいですよ」

お筋が言った。

「え？」

「すみません、勝手に口を挟んで。私の知り合いも、お腹にしこりができまして。それが元でかわかりませんが、早くして亡くなりました」

お筋が小里の手をぎゅっと握った。

「皆さんに心配をかけるようじゃ、いけませんね。ちゃんと、養生します」

白湯を飲んでから、小里が言った。

その時、長太が言いにくそうに声を出した。

「おっ母《か》さん、お願いが」

「なんだね」

「剣術の試合を観に行きたいんだ」

「いけません」

「どうして」

「また変な人がいるかもしれないから」

「何度も言っているけど、あれはそういうことではないのだから」

長太は諦めきれないように言った。

しかし、お筋の気持ちは変わらない。

「あまりおっ母さんを困らせてはいけませんよ」

小里も口を挟んだ。

「はい」

長太はしょんぼりとしていた。

「では、行ってまいります」

太助は居間を出た。

長太が裏口まで付いてきた。

「こそっと来たら怒られるぞ」

「そんなこと知ってる。せめて、ここまで兄いを見送ろうと思ってたんだ」

すでに、長太は「兄い、兄い」と慕ってくれていた。

太助が裏庭で竹刀を素振りしていると、自分にも触らせてくれと、頼んできた。それから、あれやこれやと、どういう風にしたらいいのか聞いてくる。

とにかく、好奇心が旺盛《おうせい》である。

かどわかしの一件は、大ごとになってしまったが、太助は実のところ長太が興味本位で家を出て誰かに付いていったのが原因だと踏んでいる。

「またおっ母さんに迷惑をかけないようにしろよ」

「へい」

長太は少し不満そうに答えた。

「兄い」

「なんだ」

「もし兄いが良い成績を残せたら、何が欲しい？」

「そうだな……」

太助は真面目に考えてから、

「もっと剣術に力を入れたいかな」

と、口にした。

「物は要らないので？」

「買ってくれるのか」

「いや、そうじゃないけど」

長太は思いきり首を横に振る。

動きが素早く、滑稽《こっけい》だったので、思わず笑いが漏れた。

「兄いの気持ちはよくわかる」

「なに？」

「おいらも、物は要らない」

「じゃあ、いま一番望んでいるものは？」

「お父《とっ》つあんに会いたい」

「お前のお父つあんは……」

そこまで言いかけて、太助は口を噤《つぐ》んだ。死んだからもう会えないだろう、とは口にできない。

なにより、お筋はまだ絹助が亡くなっていることを長太に伝えていない。

「勝ってくる」

太助は裏口から出て行った。

回向院の一角には、いかにも強そうな見た目の剣客たちが揃っていた。まだ試合前だからか和やかにしているが、皆の目がどこか鋭かった。

太助は横瀬の姿を探した。

すると、ずっと先の方で、日比谷と一緒にいる横瀬の姿を見つけた。日比谷の隣には見たことのない武士がいた。

見かけからして、ある程度地位が高そうな者であった。家来なのか門弟なのかわからないが、何人もの若い侍を従えている。

そんなところに、太助は入っていけない。

挨拶は後でにしようかと思っていると、横瀬が気付いて声をかけてきた。

太助は憚《はばか》りながら、輪に入った。

「井上《いのうえ》先生。これが、前々からお話をしている太助ですぞ」

日比谷が太助の肩を叩《たた》きながら紹介した。

「私の話を?」

太助は日比谷の顔を見た。

「見どころのある者がいると聞いておる」

井上と呼ばれた男が答える。

あとで横瀬が教えてくれたが、この者は井上伝兵衛《でんべえ》という伊予松山藩《いよまつやま》の剣客であるという。

著名な剣客で、太助も名前くらいは知っていた。

他愛のない話をして、

「楽しみにしておるぞ」

と、井上に励まされた。

それから、大試合に先立ち、形ばかりの式典があった。

井上が全員の前で挨拶をした。

この大試合は一本勝負。そして、勝ち抜きとなっている。あまり例を見ない大試合であるが、西洋ではこのようなやり方が行われていると述べた。

日比谷がこの大試合の発起人だが、井上のように皆の前で話すことはなかった。ただ、井上よりも来賓《らいひん》の商人たちに何かと話しかけられている。

短く意気込んだ挨拶が終わり、十六歳以下の部と十七歳以上の部が同時に開始されることになった。

一度に八試合が行われ、試合が終わるとすぐに次の対戦が組まれる。

太助は三巡目であった。

一巡目、二巡目はそれほど強くはない。動きが鈍く、隙《すき》のある者たちばかりであった。

そして、太助の番になる。

立ち合い、相手と向かい合う。

行司の開始の合図と共に、相手は竹刀を振り上げて突っ込んできた。

太助は右足に重心を置いた。

腰を捻《ひね》って、横一文字に竹刀を流す。

「胴あり」

ぴしっという音と同時に、行司が判を下した。

「見事」

どこからか、そんな声が聞こえた。

それから、四半刻《しはんとき》ほど休んで、次の試合。相手はさっきよりも大柄だが、動きが素早い。何より、踏み出す一歩が大きい。その者の一試合目を見たときには、突きで勝っていた。

また突きでくる。

太助はそう踏んだ。

(それを振り払おうか。いや、相手の力が強くて弾けないかもしれない)

だとしたら、こちらも突きでいく。

頭のなかで、動きを確かめた。

立ち合い、面の奥に、相手の鋭い目つきが覗いて見えた。

喉元に視線を感じた。

読み通りに違いない。

太助は腰を沈ませてから、突いた。

相手は不意討ちを喰《く》らったように、手を出せなかった。

「突きあり」

太助の勝ちであった。

「またあの小僧が勝ったか」

さっきと同じ声がした。防具をつけているので、誰が話しているのか見えない。しかし、井上伝兵衛の声のような気もした。

さらに、ふたりに勝った。

上位四人にまで勝ち上った。

次の試合前、横瀬が近づいてきた。

「自信は？」

「あります」

「その意気だ。これで勝てば、先生もさぞ驚くだろうな」

見ると、日比谷や井上など今までの試合を見ていなかった者たちまで集まっている。中には、水野越前守の姿もあった。

「次の相手は、井上先生の門弟だ」

横瀬が教えてくれた。

長身で、細身の男だ。太助や他の勝ち残った者たちは汗でびっしょりだったのに、この男だけはなぜか涼し気な顔をしている。

襟元はぴしっと張っていて、袴《はかま》は折り目を崩さずに、綺麗《きれい》に穿《は》いている。そして、漆塗《うるしぬ》りの胴は、怪しいくらいに黒光りしている。

柔らかな表情が、面の奥に覗いている。

ずっと、この男の試合を見ていて、一番戦いたくない相手であった。ほとんど動かずに、相手の隙を突いて勝っている。

面を打つと見せかけて小手を取ったり、その逆もあった。また対戦相手の裏の裏をかいて、正面から面を喰らわせることもあった。
予測ができない。
太助は体が動くがままに従うしかない。
息を整えて、立ち合いについた。
行司は日比谷だった。
「はじめ」
日比谷の野太い声が放たれた。
太助は下段に構えたまま、相手が仕掛けてくるのを待った。
互いに手を出さない。
動いたほうが負けだとばかりである。
だが、先に仕掛けてきたのは、相手であった。じりじりと間合いを詰められたので、
太助は飛び掛かると見せて、透かした。
相手は少し後方に下がり、間合いを取る。
また仕切り直しか。
いや、相手に隙ができた。
（いまだ）

太助は竹刀を頭の上に構えて飛び込んだ。

案の定、相手は胴を狙ってくる。

「えい」

太助は腰を捻りながら、相手の胴に目掛けて振りかぶった。

竹刀が、ばしっと相手の胴を叩きつける。

それと同時に、自身も胴を喰らった。

「胴あり」

日比谷の軍配は相手方に上がった。

文句はない。おそらく、相手が僅《わず》かにでも先に掠《かす》っていたのだろう。

元の位置に戻る途中、

「待たれよ」

と、声が聞こえた。

井上であった。日比谷に近づいた。他の主催者たちも寄ってくる。

五人で協議が行われた。

少しして、日比谷が勝負について説明をした。

「同時ではないかとの指摘がありましたが、勝敗は変わらず」

その相手が優勝を飾った。

太助は三位を決める試合で見事勝った。

大試合が終わったあと、与四郎は井上に挨拶へ行った。

「井上先生、あの試合ではありがとうございました」

太助は礼を言った。

井上にしてみれば、門弟が勝っていたにもかかわらず、もう一度勝負のやり直しをしようと指摘してくれたのだ。

「お主の方が見事であった」

「いえ、そんなことは」

「試合ではともかく、実戦だとしたらお主の勝ちだろう」

太助の竹刀の方が、深く相手の胴を叩きつけていたという。

「しかし、これは試合ですので」

「うむ」

井上は太助の眼差しの奥を見ていた。

それから、「なかなか見どころがある。俺の道場に来ないか」と誘ってきた。

「それは……」

急なことで、返答に困った。

「実は、日比谷殿には話をした。日比谷殿も、納得の上だ」

「え、先生が？」

太助は信じられなかった。

もしや、あの試合で負けたことで日比谷の期待を裏切ったのか。それで、嫌われたのではないか。

急に不安が襲ってきた。

「先生に聞いてきます」

胸が高鳴るなか、太助は日比谷を探した。

大試合本部の幔幕《まんまく》の前で、横瀬に会った。

「今日は見事であった」

横瀬は太助の肩に手をやり、褒めた。

「日比谷先生はいらっしゃいますか」

「奥にいる」

横瀬が指で示し、

「なにがあった」

と、きいてきた。

「井上先生が……」

太助は焦って、詰まりながらも、井上から道場に誘われたことを話した。

「そうか、井上先生の目に留まったか、結構なことではないか」

横瀬が喜んで言った。

「日比谷先生は私を見捨てたのではないかって」

「それはない」

「だとしたら、どうして」

太助には理解できなかった。

その時、日比谷が幔幕から出てきた。

「先生」

呼びかけるとともに、「お前はもっと大きな道場で鍛錬した方がいい。まだ新しく、名も知れていない、それほど門弟もいない道場にいるのは勿体《もったい》ない」と日比谷は真剣な目で話した。

「わしもそう思う」

横瀬が言った。

「しかし……」

「井上先生の道場に行けば、よいところ尽くしだ」

三つの利があると、日比谷は指を折って説明した。

一つ目は、門弟が多く、人脈が広がること。幕臣や各藩の者たちに限らず、商人や文人なども通っている。

二つ目は、それに追随して、強者《つわもの》たちが集まるので、今以上に剣術の腕に磨きをかけることができること。

三つ目は、井上自身が幕府や各藩の地位のある者たちに顔が利くので、仮に武士になりたいときには、仕官先の面倒は見てくれる。

「されど、私は武士になるつもりはありません」

「今はそう考えているかもしれぬが、人間、どう転ぶかわからぬ」

「そうですが」

「ともかく、いまのまま、趣味程度に剣術を続けるよりも、お前にはもっと強くなってもらいたい」

日比谷が強い目力で訴えてきた。

横瀬を見ても、似たような表情をする。

たしかに、近頃は商売よりも剣術に力が入っている気がしている。決して、商売が嫌いになったり、疎《おろそ》かにするつもりはない。ただ、それ以上に剣術が楽しいのだ。

今日の試合で、自分が思ったよりも上までいけることがわかった。

「まあ、お前次第だがな」

日比谷はしっかり考えるように言って、幔幕に戻っていった。

夕方になって、

「ただいま帰りました」

太助が居間に入った。後ろには、横瀬と井上がいる。

それを見て、与四郎は立ち上がった。同時に、小里も腰をあげる。

「無理するんじゃないよ」

与四郎は言った。

「いえ」

小里は苦笑いした。

「旦那さま、お内儀さん。私は三位になりました」

太助は興奮気味に赤い顔で、弾むように言う。

「おお、そうか。よくやったじゃないか」

横目で小里を見ると、にっこりと笑っている。

今度は横瀬が口を開き、

「こちらが、開催者のひとりである井上伝兵衛殿だ。伊予松山藩の剣客だ。井上殿はこいつの腕を見て、話したいことがあると」

と、告げた。

井上のことを伊予松山藩だけではなく、天下に名が知られている剣豪であると紹介してから、

「井上先生が太助の剣の腕前を認めてくださいまして」

と、誇らしげに言った。

「それは、こんなところにお越し頂きまして」

与四郎は恐縮しながら言った。

「いや、折り入って話したいことがあったのだ」

「私にですか」

「いかにも」

井上の顔は真剣そのものである。

与四郎は客間に通した。

「まず」

井上が発した声は、やけに重かった。

与四郎は小さく頷き、次の言葉を待った。

「唐突であるが、太助を某《それがし》のところで預かれないか」

「預かると仰いますと？」

「某の道場の門弟になって頂きたい」

「それは、なんといいますか……」

「太助には見所がある。横瀬殿や日比谷殿の元で剣術を磨くのもよいだろうが、某のところであれば、伊予松山藩や幕府との繋《つな》がりもある故に、そのうち剣客として取り立てられよう」

井上の目は真剣だった。もっと、他に言いたいことがありそうでもあった。

だが、与四郎の返事を待っているようで、井上はじっと目を見つめたまま黙った。

「急なことで驚いておりますが、太助の考えというのは？」

「まだ迷っておろう」

「そうですか」

「だが、横瀬殿と日比谷殿は私に預けることに賛同しておる。太助の剣の才能を認めているからこそ、もっと大きな道場で育てて欲しいとな」

井上は一瞬たりとも、与四郎から目を離さなかった。一つひとつの言葉に重みがあり、断りにくい状況であった。

「太助は私の子どもではありません」

与四郎は考えながら言った。

井上は、相づちも打たずに、ただ羨望《せんぼう》の眼差しで、与四郎の答えを待っている。

「ただ同郷のよしみで、私が預かっております。あの子が井上さまの門弟になりたいと望むのであれば、私が止めさせることなどできません」

「ということは、太助の考え次第だと？」

「そうでございますね」

与四郎はそう答えてから、

「しかし、いまあの子にこの店を離れられては、手前どもがいささか困ってしまいます。日比谷さまの道場と同じく、商売が終わってからそちらの道場で稽古をするということであれば、手前どもとしても大変ありがたいのですが」

と、言葉を選びながら言った。

「よかろう。まずは、太助の気持ち次第だな」

もう一度、井上が確かめてきた。

「はい」

与四郎は頷いた。

その後、客間に太助を呼んだ。

太助は嬉しい半面、どこか困惑したような表情で、「まだ決めかねています」と、口にする。

「もし、『足柄屋』の商売のことを気にしなくてもいいのなら？」

与四郎は優しくきいた。

「それでも、どうでしょう」

太助は顎《あご》に手を遣《や》って唸《うな》った。

「どうしてだ」

「私は、この仕事も好きなんでございます。方々を売り歩いて、たくさんのお客さまとお話するのも、店にいらっしゃるお客さまに小間物を売るのも、どちらも好きですので」

太助は与四郎の目を見て言った。

その上で、井上に向かって、「だからと言って、己の剣の腕を磨きたい気持ちがないわけではありません」と、はっきりとした口調で告げる。

井上は小さく頷いてから、

「お前がうらやましいのう」

と、呟いた。

「うらやましいのでございますか」

太助が意外そうにきき返す。

「某は、剣の道に進むしかなかった。父は昔気質《かたぎ》の武士であるからな。学問よりも、まずは剣を学べ。いつまでも戦のない時が続くと思うなという教えだった」

井上は心なしか微笑んでいた。

「よいよい。まだ十五だ。剣を始めて間もないのにこれだけ上達しているなら、仕事終わりに稽古をするだけでも腕前は上がるだろう。しかし、お前をこのままにするのは勿体ない」

まずは小間物の仕事を優先として、剣術を続ければよいと告げる。

太助も、とりあえずはそうしてみようと決めた。

五

宵闇《よいやみ》と共に吹いた風で、桜が急に散り始めた。千恵蔵はずっと、鳥九郎が長太に対してかどわかしをしたと決めつけ、何か証がないかとさがし回っていた。

だが、なかなか手ごたえがつかめない。

夜四つ近くになって、今戸に戻ってきた。

家に入る手前で、

「千恵蔵親分、千恵蔵親分」

どこからか、名を呼ぶ声がする。

振り返ってみると、薄暗い暗闇の中にぼんやりと提灯《ちょうちん》の明かりが点っていた。

近づくと、額の狭い四角い顔が浮かぶ。背丈は高くないが、やけに威圧するような迫力がある。

「誰だ」

「私は、何者でもありません」

「妙なことを言う」

千恵蔵は警戒した。

口ぶりは優しいが、その実、いつ襲ってきてもおかしくない雰囲気を察した。

相手はそれを察したのか、

「決して怪しい者ではございません。元は長崎で地役人を務めておりました。今は江戸に出てきて、あるお方の御用聞きのようなことをしております。それ以外、何者でもないということです」

やけに理屈っぽいところが、一層のこと、怪しさを引き立てた。

「それで？」

千恵蔵は冷たくきき返した。

「本庄茂平次と申します。親分が少々お困りだと聞いたので、お力添えできればと……」

茂平次と名乗る男は上目遣いで見てきた。

「困っていることなんて」

千恵蔵が言いかけると、

「鳥九郎のことを捕まえたいのですよね？」

茂平次は被《かぶ》せてくる。

「知っているのか」

「あの人のことは」

「なんだ」

　千恵蔵はきいた。

「ここでは話がしにくうございます」

「誰も聞いておらぬ」

「念には念を」

　何か知っていそうな目をしているので、千恵蔵は自宅まで連れて行った。

　茶の用意もせず、

「で、お前さんは何を知っている」

　と、土間で切り出した。

「鳥九郎という男が、長太をかどわかした証です」

　茂平次は言い切った。

　そもそも、どうして鳥九郎を疑っていることを知っているのか。

「確かな証なんだろうな」

　千恵蔵は慎重に確かめた。

「ええ」

茂平次は短く答えて、読み物を語るように話し出した。

「話は半年前に遡《さかのぼ》ります。私が江戸に出て、まだ右も左もわからない時に、あの人と会ったんです。仕事を探していると相談すると、いい話があると声をかけてきて……」

茂平次はわざとなのか、間を取った。

「それで？」

千恵蔵は前のめりにきいた。

「ただ、あの人を信用しきれなかったので話を詳しくは聞きませんでしたがね。なにやら子どもに関することだって言っていて」

「子どもに関すること？」

「それだけじゃありません。儲けることもできると言っていましてね」

「儲けることもできるか……」

「子どもで、儲けるなんて言ったらもう、ひとつしかございません」

茂平次の目が、怪しくぎらりと光る。

さらに続けた。

「付き合いはありませんでしたがね。あの人は道ばたで、よく子どもたちに話しかけていましたよ。親のことなんかも聞いていましてね」

「……」

声には出さないが、千恵蔵の心の中で何か弾《はじ》けた気がした。

（二十五年前から、奴は変わっていない）

やはり、自分は間違えていない。今泉や新太郎たちは騙《だま》されているだけだ。

その気持ちが強まった。

「よく報《しら》せてくれた」

「いえ、お役に立てればと……」

「だが、どうして俺に？」

「親分がお調べになっていると」

「誰から聞いた？」

「方々で、色々きき込みをしていると聞いたんです。あと、鳥九郎のところの大家さんも親分のことを散々に言っていましてね」

「……」

「皆、奴の本性を知らないだけですよ」

「ああ」

千恵蔵は頷いた。

本庄茂平次という男、少し訝《いぶか》しいが、唯一の味方になりそうだ。

「親分、私にも協力させてください」

「お前さんも？」

「こうやって話していると、なんだか奴のことが段々と許せなくなってきましてね。このまま罪に問わなければ、また何かやらかしますよ」

茂平次は強く言った。

「俺《おれ》もそう思っている」

千恵蔵は茂平次の申し出を認めた。

その翌日から、千恵蔵は茂平次と共に行動を始めた。

まずは、三月九日の鳥九郎の動きをすべて摑《つか》まなければならないと提言してきた。

「もう方々を回った」

「成果は？」

「全くなしだ」

「おかしいですね」

「なにがだ」

「横山町から中山道、その途中で誰にも出くわさないことなどありません」

「だが、鳥九郎を知っている者と出くわしていないのだろう」

「そうかもしれませんが、もう一度、同じ道を探索してみませんか」

「結果は変わらねえと思うが」

千恵蔵はそう答えつつ、横山町から北上して、三月九日のことを聞いて回った。

駒込追分町《こまごめおいわけちょう》で手分けをしながら話をきいているときに、

「親分。この男が見たと」

と、茂平次が馬糞《ばふん》拾いの男を連れてきた。

「お前さんが見たのか」

千恵蔵は男にきいた。

「三月九日のことですよね？　ちょうど、この先ですれ違いました。十にならないくらいの子どもの手を引いていた六十過ぎの男でしたね。やけにふたりの間柄がよそよそしく見えたので、妙に思ったことを覚えています」

「その子を覚えているか」

「たしか、目が大きくて、丸顔だったような」

「違いねえ」

千恵蔵は思わず心の声が漏れた。

男はふたりの会話も聞いたと言い、

「父親に会わせてやるようなことを」

と、告げた。

「父親？」

「通りすがりにそんなことを言っていたような」

馬糞拾いの男から聞けたのは、それくらいだった。だが、千恵蔵にとっては、大きな一歩に感じた。

それからも、千恵蔵と茂平次は駒込追分から板橋宿に向かって歩を進めながら、道行く者たちに尋ねて回った。

千恵蔵がきく者たちの中には、ひとりとして、鳥九郎のことを見たという者はいなかった。

次の証人も、茂平次が見つけた。その者は屑屋《くずや》だった。

「親分の仰るような方を見ましたよ。子どもの手を引いていまして、先を急いでいるようでした。子どもは脅されているのか、顔が引きつったまま何も話さなかったですね」

「それを黙って見過ごしたのか」

千恵蔵がきく。

「そりゃあ、こっちも商売がありますからね。余程、子どもが助けを求めてこない限り、何かするってことはありませんよ」

屑屋は眉を顰《ひそ》めて答える。

その後も、もうひとり、鳥九郎のことを見たという者を見つけた。

三人も見たというならば、間違いはないだろう。

千恵蔵と茂平次は七つくらいまで探索を続けて、ようやくひと区切りつけた。

「腹が減っていねえか」

「もう、腹の虫が鳴っていますよ」

「ちょうど、こっちで知っている蕎麦《そばや》屋があるんだ。行かねえか」

「よろしゅうございますね」

板橋宿の手前にある蕎麦屋に入った。店が混んでいて、蕎麦を出すまでに少し掛かると言われた。

一杯ひっかけながら、

「それにしても、信じられねえ」

と、千恵蔵は漏らした。

「何がです？」

茂平次がにこにこしながらきき返す。

「今まで詰まっていた探索が、お前さんが加わって、急に進んだ」

「ひとりより、ふたりの方が早いですからね」

「だが、今まで誰ひとりとして鳥九郎と長太が一緒にいる姿を見た者はいなかったんだぞ」

「親分がきいた者たちが、たまたま見ていなかっただけじゃありませんか？」

「そうなんだろうが……」

千恵蔵は考えながら、

「お前さんは、ただの地役人だったのだろう」

「ええ」

「にしては、筋がいい」

「あっしにお世辞を使わなくても」

茂平次は冗談めかす。

「いや、大抵、初めての者はここまでできねえ。新太郎以来だな」

「新太郎?」

「鳥越の岡っ引きだ」

「ああ、鳥越の新太郎親分」

「知っている口ぶりだな」

「直接は存じ上げませんが、評判は方々で聞いております。この間も、浅草で仏像が盗まれたのを、すぐに解決したとか」

茂平次は千恵蔵をまじまじと見ながら、にこやかに言う。

そんな話をしていると、蕎麦ができあがった。

ふたりは頬張るように食べて、また明日も探索することを決めた。

第四章　再会

一

千恵蔵と茂平次の探索は、それからも続いた。

もう桜が残り三分ほどしかない。

下谷の広徳寺前を通りがかった時、少し離れたところに太助の姿が見えた。胴着に、竹刀《しない》を担いで、こっちの方へ歩いてきている。

「親分、知り合いですか」

隣にいた茂平次が声をかける。

『足柄屋』という店の小僧だと、説明した。茂平次はさも『足柄屋』を知った風な口ぶりをした。

「知っているのか」

「佐賀町の足柄屋さんですよね」

「そうだ」

「もう存じております。足柄屋さんに頼まれて、虫眼鏡を探してもいますから」

「虫眼鏡？」

「ある幕臣の方に頼まれているそうです。まあ、そんなことはいいではありませんか」

茂平次は、にこっと笑った。

いつもながら、不気味なほどに、ぎらついた目をしている。

この男が読めない。

かなり優秀で、強い味方になる。だが、恐《こわ》い一面もある。鳥九郎を捕まえることに関しては、前者になると睨《にら》んでいる。

「太助」

千恵蔵は声をかけた。

太助は驚いたように頭を下げる。

「こんなところで道草を食ってちゃいけねえぞ」

「いえ、道場の帰りです」

「だって、日比谷さまの道場は」

両国橋《りょうごくばし》を渡ったところ、と千恵蔵は言わんとしていた。

「先日から車坂《くるまざか》に」

太助は言葉を被《かぶ》せる。

「車坂だと？」

「横瀬さまや、日比谷さまの勧めもあり、もっと大きな道場へ移りました」

「井上伝兵衛さまのところか」

「ご存じで？」

「井上さまの師匠《ししょう》にあたる赤石郡司兵衛《あかいしぐんじべえ》先生の道場に一時期通っていたんだ」

千恵蔵は懐かしそうに言った。

赤石の道場の跡地が、井上の道場だ。

「たしか、赤石さまは与力であられたはずですね」

茂平次が口を挟んだ。

「お前さんも知り合いか」

「いえ」

男は首を横に振ってから、

「遠く長崎にまでその名は及んでおりましたので」

と、低く通る声で言った。

ふたりは赤石の話を交わしてから、

「そうだ、この者は茂平次といって、鳥九郎のことで探索を手伝ってくれている」

と、千恵蔵が紹介した。

茂平次は目礼してから、「『足柄屋』に利発で、剣の腕が立つ奉公人がいると聞いていましたよ」と、にこやかに言った。

太助は顔を千恵蔵に向け直して、

「親分は井上先生とも一緒に稽古《けいこ》を？」

と、気を取り直して尋ねた。

「ああ」

「その頃《ころ》から、剣の腕前は群を抜いていたのですか」

「直心影流《じきしんかげりゅう》の三羽烏《がらす》と言われるほどだ。幕内でも、井上さまが一番の剣の遣《つか》い手だと称《たた》える者も多い」

千恵蔵がそう言ったとき、心なしか茂平次の目がきらりと光った。唇を堅く結びながら、何か閃《ひらめ》いたような表情をする。

「親分」

茂平次が口を開き、

「今度、井上さまをご紹介いただけませんか」

「なに？」

「私も江戸に出てきてから剣に触れていないものでして。せっかく、門人になるのでしたら、そのような高名な御方《おかた》の元で」

「構わねえが」

千恵蔵は答えた。

「そうなると、太助さんが兄弟子となりますな」

茂平次が冗談めかして、白い歯を見せた。

太助は苦笑いしていた。

(この男のことを苦手に感じているな)

それを茂平次は気づいているのか、それとも知らずにかわざとらしい笑顔を続けていた。

「小里さんの具合はどうだ」

千恵蔵は最後にきいた。

「まだ本調子ではないですが、以前に比べてしこりが小さくなった気がすると言っています」

「そうか」

「目眩《めまい》や吐き気なども、頻繁《ひんぱん》ではなくなったようです。いまは朝から夕方までお筋さんが一緒ですから、旦那《だんな》さまも安心しています」

千恵蔵は「よかった」と頷《うなず》き、

「鳥九郎の件が落ち着いたら行くから、小里さんにも、お筋にもよろしく伝えておいてくれ」

と、告げた。

太助と別れてから、ふたりは鳥九郎の暮らす横山町へ向かった。

夜はまだ浅い。

鳥九郎の部屋には、灯《あか》りが点《とも》っている。影がふたつあった。酒を酌み交わしているようだった。

確かめてから、長屋木戸を出て、桜の木の下に寄った。

「毎晩、呑気《のんき》なもんですね」

茂平次が言う。

ここ数日、鳥九郎の元へやってくる客がいると近所の者から話を聞いていた。誰《だれ》なのかは、知らないそうだ。

その者の後を尾《つ》ける手もある。それより踏み込んで問い詰めた方が早いと、茂平次が主張した。

「いや」

千恵蔵は止め、

「尾けるべきだ」

と、主張した。

茂平次は探索のやり方を知らない。だから、何でもできると思っているのだろうが、していいことと、いけないことがある。

いちいち説くことはないが、自分が岡《おか》っ引《ぴ》きの立場ではなく、勝手に動いていることを伝えた。

茂平次は同意したように、頷いた。

「なら、ふたりで尾けるのも」

「俺《おれ》がやる」

「お任せします」

「その間……」

「ここで見張っていますよ」

茂平次がこれから言うことを読んだ。

つくづく、鋭い男だ。

「それにしても、俺たちがこうやって探っていることを知らないんだろうな」

「いえ」

茂平次が首を傾《かし》げ、

「感づいているでしょう」

と、言った。

「だったら、もっと警戒する」

「捕まらないと高をくっているんでしょう」

「まさか」

「今泉の旦那と、新太郎親分をまんまと騙《だま》せた野郎です」

「舐《な》めやがって」

「ほんと、ひでえ野郎です。でも、それだけじゃないでしょう」

茂平次が決めつける。

「というと？」

千恵蔵はきき返した。

「あいつの後ろに誰かいるんじゃないですかね」

「誰かって」

「奴《やつ》はかつて医学を学んでいたそうですね」

「長崎で学んでいたこともあるそうだ」

「鳴滝塾ですね」

「そうだ」

蘭学《らんがく》を学んでいたそうだが、高名な高野長英《たかのちようえい》などの他の鳴滝塾出身の医者とは違い、どこにも仕官していない。二十五年前に調べた時には、親の血筋のせいもあった。親が一揆《いつき》に参加して、処刑されている。

そのことが尾を引いていると、千恵蔵は見ていた。

「鳴滝塾の方々とは、未《いま》だに親交があるように見受けられます」

「何か握っているのか」

「まだ」

意地でも見つけてやるという、気迫がこもっていた。

それから少しして、長屋木戸からひとりの男が出てきた。月明かりが、ほんのりと赤い顔を照らす。

聡明《そうめい》そうな広い額に、切れ長の目。束髪に、十徳を着ている。学者か医者だ。言葉に出さないが、この男が鳥九郎の客だと言わんばかりに目を見合わせた。

男は花の散った桜の木を見てから過ぎ去った。

その下にいる千恵蔵たちのことは気にする様子はない。もちろん、ただ立っていたわけではなく、地べたに腰を下ろし、花見の振りをしていた。

裏長屋の方から、鳥九郎が出てくる様子もない。

「行ってくる」

千恵蔵は立ち上がった。

少し間をあけて、その男の後を追う。

男は案外に足が速かった。向かう方面は京橋《きようばし》、築地《つきじ》。本願寺《ほんがんじ》の裏手の路地を入った。小さいながら二階建ての新しそうな家屋に入っていく。その後、しばらく家の前を見張ったが、出てこなかった。

翌朝、再び築地の本願寺裏へやってきた。

近くの自身番に入る。

「親分」

未だに慕ってくれている家主が、嬉《うれ》しそうに声をあげた。

「お久しぶりですね」

「もう一年以上になるか」

「ええ、また碁を」

「そうだったな」

以前の約束を思い出した。

「それより」

と、千恵蔵は昨日の鳥九郎の客のことを尋ねた。

「あれは、蘭方医の高野長英先生のご自宅で、いま先生は麹町貝坂《こうじまちかいざか》へ引っ越したのですが、そのお弟子さんとやらが住んでいますよ」

「名前は？」

「そこまではわかりませんが」

必要なら調べて聞いてみるとまで言ってくれた。

しかし、先方に感づかれないように動きたいので、うまく誤魔化してその場を去った。

（高野長英か）

天保の飢饉《ききん》への対策のために作られた尚歯会の中心を担う医者であり、麴町貝坂で大観堂学塾《だいかんどうがくじゅく》という蘭学塾を開いている。

養父の玄斎《げんさい》は杉田《すぎた》玄白《げんぱく》から直接蘭方医学を学んだこともあり、蘭書に囲まれて育ち、その玄斎は文政《ぶんせい》八年（一八二五）の異国船打払令に反対して、弾圧をされた者である。

それから、夕方になり、茂平次が今戸まで訪ねてきた。

「昨日、あれから鳥九郎は出かけまして」

「どこへだ」

「神田の方ですが、途中で尾けるのを止めました」

「どうしてだ」

「あの男を追うより、留守を狙《ねら》って、家の中を探った方がいいと思いまして」

茂平次は懐《ふところ》に手を入れた。

「実は、こんなものが」

文《ふみ》が出てくる。茂平次は向きを揃《そろ》えて、差し出した。

千恵蔵は受け取り、さっと開く。

国の大事なので云々《うんぬん》と、論客ぶった書き方の文であった。送り主は高野長英となっている。

「この方は……」

茂平次が続けようとした。

「知っている」

千恵蔵が遮った。

「かなり危ない男です」

茂平次が耳打ちをする。

「だが、今回の件と、その方に関《かか》わりがあるとは思えぬ」

「もちろん、かどわかしは鳥九郎の勝手な欲求から起こしたものでしょう。しかし、そこが繋《つな》がっているとなると、幕府の弾圧だとかいって、水戸藩や田原藩などに逃げ込むことだって考えられます」

そのふたつの藩の名前が挙がった訳がわからなかった。

その訳を訊《き》く前に、

「水戸藩には藤田東湖《ふじたとうこ》、田原藩には渡辺崋山がおりますので」

茂平次が言う。

　藤田は水戸藩に仕える水戸学の学者で、水戸藩主徳川斉昭《とくがわなりあき》の腹心である。渡辺は三《み》河《かわ》田原藩の家老。いずれも尚歯会の中枢だ。

「口の利き方には気をつけろ」

「すみません」

「どこで、誰が聞いているかわからねえ」

「はい」

「仮にも、身分の高い御方だ」

「仮にもですか」

　茂平次は不敵な笑みを浮かべ、

「親分もあまり快く思っていないのでは？」

　と、問い詰めてきた。

「俺はただの町人だ。国家の大事を語れるほどの知恵を持ち合わせていねえ」

「口にしないだけではありませんか？」

「そんなことより」

　話題を変えた。

　千恵蔵の好むやり方ではない。いくらなんでも、やり過ぎだ。そう伝えた。

「作法を知らず」

茂平次は頭を下げた。

次から気をつけろと目で注意した。

二

青空に春風が吹き抜ける。回向院の屋根に淡い紅色の花びらが降り積もった。

お筋は長太を連れて、亡き夫の墓参りにやってきた。もう七年の月日が流れたかと思うと、絹助がいなくなってからの日々が走馬灯のように脳裏《のうり》を駆け巡った。

お伊勢参りに行ったまま行方不明になって五年後、踏ん切りをつけるために墓を建てた。

長太にはいずれ伝えなければいけないと思いつつ、今日まで知らさずに来た。

小里が、長太は父親がまだ生きていると思っているのではないかと言ったことで、お筋は真実を告げなければならないと思うようになった。

さらに与四郎が、長太は父親に会わせると言って連れ去られたのではないかと言うので、お筋は腹を決めた。

「おっ母《か》さん、一体どこへ行くのさ」

長太はわからないまま、お筋に付いてきた。お筋は「お前に見せたいものがある」とだけしか伝えていなかった。

やがて、小さな墓石の前に立つと、長太が刻まれた文字を読んだ。戒名は難しい漢字が並んでいるので読めないようだが、命日の八月五日という日付を目にした時、

「この日って？」と、薄い眉根《まゆね》を寄せた。

「お父《とつ》つあんの命日さ」

「え、お父つあんは……」

「お前が生まれる前に死んだ」

「嘘《うそ》だ」

「ごめんよ。私がずっと隠していたんだ」

「だって……」

「もしかして、お前はお父つあんに会わせてやると言われて、誰かに付いていったんじゃないのかえ」

お筋はじっと太助を見つめた。

白い肌、真《ま》っ直《す》ぐのびた鼻、小さな顔に不釣り合いな大きな目。絹助の生き写しの

ようだ。

そして、ごまかすときに下唇を噛《か》む仕草さえ同じだ。

「そうなんだね」

お筋は確信してから、

「ごめんよ」

と、強く抱きしめた。

長太はお筋の腕から逃げ出して、

「嘘だ、お父つあんが死んでいるはずない」

と、怒ったように言った。

「信じられないだろうが」

「お父つあんはまだ生きている。騙そうったって、そうはいかないよ」

長太は捲《まく》し立てるように言った。

「……」

お筋は何と答えていいのかわからない。

まだ幼い長太が、父の死を受け入れられないことは、はじめからわかっていた。

お筋はただ謝ることしかできなかった。

「帰ろう」

お筋は長太の手を繋ごうとした。

「触らないで」

長太は振り払った。

今まで、拒絶されたことなどなかった。自分のせいだから仕方がない。寂しさと申し訳なさで、胸がいっぱいだった。

「おっ母さんなんて、大嫌いだ」

長太はそう言って、突然、走り出した。

「あ、危ないよ」

お筋は焦って追う。

目を離したら、いなくなってしまう。恐ろしい想《おも》いが、脳裏を過《よぎ》る。

長太は山門に向かって走りながら、途中で振り返った。目に光るものが見えた。

その時、長太は目の前から歩いてきた着流しの男にぶつかった。

尻餅《しりもち》をつく。

「長太」

お筋はすぐさま駆け寄り、男に謝った。

「いえ、こちらこそすまなかったね」

男は腰を落とし、立ち上がろうとする長太の頭を撫《な》でた。

「本当に、申し訳ございません」

お筋が謝ると、長太も頭を下げた。

「ちゃんと謝れて偉い子だ」

男は笑顔で言い、

「お筋さんだね」

と、切れのある声で、お筋に顔を向けてきた。

「え、はい。どちらさまで？」

お筋は誰だろうと、きき返した。

男は腰をあげる。お筋も長太に傷がないか確かめてから、立ち上がった。

「千恵蔵親分と一緒に探索をしている茂平次といいます」

「茂平次さん……」

手下だろうか。

そんなことを考えていると、

「鳥九郎のことで、ちょっと聞きたいことがある」

茂平次は切り出した。

「でも、新太郎親分はあの人じゃないって」

「いや」

「違うのですか」

「まだ詳しくは話せないが、鳥九郎だという証《あかし》が次々と出てきている」

茂平次は目線を落とした。長太を見ているようだ。

長太はお筋の後ろに、隠れるように回った。

「恐がらなくたっていいんだよ」

茂平次は心から笑っていない微笑《ほほえ》みを見せた。白い歯がのぞき、お筋もこの男が訳もなく不気味な気がした。

「ともかく、私は今泉さまと新太郎親分に任せていますので」

「この件で一番詳しいのは千恵蔵親分だ」

「そうかもしれませんが」

「お前さんの亭主、絹助をかってかどわかした輩《やから》だ。それが二十五年後に、その倅《せがれ》さえも連れ去ろうとした」

「……」

「もしかしたら、絹助を殺したのも奴なのかもしれない」

茂平次は次から次へと、恐がらせるように言った。

「やっぱり、お父つあんは死んでいるの？」

長太が心許《こころもと》ない声で聞いてくる。

「殺されたなんてことはないよ」

お筋は否定した。だが、それはお筋にもわからない。考えたくもないことだった。

「おじさん」

長太がお筋の前に出てきた。

お筋は咄嗟《とっさ》に長太の手を繋いだ。今回は、長太は振りほどかない。

「やっぱり、お父つあんは生きていると思います」

「なに？」

「殺されているはずがありません」

「そう思いたい気持ちはわかる」

「いえ、そうじゃありません」

「まるで、知っているような口ぶりだな」

茂平次の目が鋭く光った。

長太はそれから口ごもったが、うまく返答しなかった。

それでいい、と思った。

(千恵蔵親分が一生懸命に探索してくれるのはありがたいけど)

今回の件は、さすがに千恵蔵が思い込みで探索を続けているだけに過ぎない。

長太は父親に会わせてやると言われて、付いていっただけだということが、今のところ一番しっくりとくる。

「千恵蔵親分や貴方《あなた》さまのお気遣いは大変ありがたいのですが、私や長太が知っていることは全て新太郎親分にお話ししましたし、そちらに任せておりますので」

お筋は丁寧に頭を下げて、長太の手を引いてその場を離れた。

茂平次が付いてくることはなかった。

だが、山門で振り返ると、茂平次がじっとこっちを見ていることに気がつき、足を急がせた。

数日が経《た》った。

桜の花は散り尽きて、青々とした葉に茜《あかね》色の空が透けていた。

この日は『足柄屋』に客がひっきりなしに来て、与四郎は昼飯を食べることもできなかった。暖簾《のれん》をしまって、帳場で一日の勘定をしていると、廊下の奥から太助がやってきた。額には汗が滲《にじ》み、砂埃《すなぼこり》が付いていた。

荷箱を置いて、

「今日は以前仕入れた赤い丸簪《まるかんざし》が売れました」

と、嬉しそうに言った。

その簪は、太助が初めて自分の目利きで仕入れたものだ。この頃、商売のコツも大分摑《つか》んできたことだし、小里の体の具合が優れない時には与四郎が看病をしたいので、太助に仕入れをさせることにした。

与四郎自身も初めて仕入れを任された時には、あまり売れないものを買ってしまったが、これも勉強だと太助に任せることにした。

いつも『足柄屋』で仕入れている物の他に、太助が買ってきた品物は五つあった。この赤い丸簪で、全《すべ》てが売れたことになる。

「やはり、商売の才がある」

与四郎は褒めた。

太助はその言葉を聞いてさらに喜びながらも、

「旦那さまは、私が剣の道一筋でいくことが心配ですか」

と、きいてきた。

「いや」

そういう風に聞こえたのか、と思った。

「私は、この商売が好きです」

「そうか」

「ですが、ひとつお願いがあります」

太助が真剣な目をした。急に大人びて見えた。

「どんなことを？」

与四郎も、商売相手との交渉をするような顔つきになった。

太助の好きなことをやらせてあげたい。

その思いは、消えていなかった。

「もう少し、剣術にも身を入れたいです。もちろん、商売は続けますが、早めに上がらせて頂くか、休みの日が欲しいと考えております」

太助はまじまじと与四郎の目を見た。

唇がわずかに震えている。

「井上さまがそうした方がいいと？」

「自分の考えです」

「それが、お前の選ぶ道なら」

与四郎は認めた。

太助は、急に肩の荷が下りたかのように、張り詰めていた表情が柔らかくなった。

「旦那さまほど、お優しい方はいません」

「世辞はいい」

「いえ、本当です。こんなわがままに……」

「早く道場に行ってきなさい。こんなところで話しているのが勿体《もったい》ないよ」

与四郎は促した。

太助は深々と頭を下げて、廊下の奥へ去って行く。

お筋も加わったことだし、小里の体の具合が悪くても、なんとかやっていける。それに、お筋は客からも好かれて、店に立っているだけで、買っていく者たちもいるほどだった。

(太助が以前より遠くにいる)

そんな気がして、ふと寂しくなった。

帳簿を付け終えると、与四郎は寝間へ行った。小里は上体を起こし、お筋と話をしていた。

「どうだい、体調は」

「少しふらつきがあっただけで、今はよくなりました」

小里がにこやかに言う。

顔色もいい。

急なふらつきはまだ治らないが、一刻《とき》ほど休めば回復することがわかった。

しこりは南伝馬町の薬屋から出されたものを飲んで、心なしか柔らかくなっている気がした。

「これを半年続ければ、よくなりそうな気がしますよ」

小里は気楽に言った。

それから、お筋の前だが、太助が剣術にも力を入れるために、商売の休みを作って欲しいと言ってきたことを話した。

「あの子がそんなわがままを？」

小里は快い顔をしなかった。

「剣の腕は確かなんだろう。井上さまがもっと指導したいということに違いない」

「でも、危なくないですかね」

小里は商売をおろそかにされることよりも、相変わらず身の危険を心配しているようであった。

「怪我《けが》をさせてしまっては」

亡くなった太助の親にも申し訳ないと、小里は言った。

「あの子が選んだ道だ」

「まだ十五です」

「もう十五だ」

与四郎は言い返す。

「剣術に力を入れるだけならまだいいですが、これで武士にでもなろうというのなら、そのときには私は断固として反対します」

小里は力強く言った。

隣にいたお筋も同調して、

「私もそう思います。この時代に武士になるのは、良いとは思えません」

と、憚《はばか》るように言った。

「あいつは、そこまでは思っていないだろう」

与四郎は確かではないことを口にした。

「今度、井上さまとお話させてもらえませんか」

小里が言う。

「何を話すのだ」

「どういうお考えなのかを」

「ただ、太助に上達してもらいたいのだろう」

「いえ」

小里が何か閃いたような顔つきになる。

「なら、一体……」

どういうことなんだと言わんばかりに、与四郎は小里を見た。

「井上さまは独り身でしたよね」

「ああ」

「子どもはいらっしゃらないですよね」

「そのはずだ」

「だったら、あの子を養子にとでも考えているのではないですか」

小里は真剣な顔で言った。

「まさか」

与四郎は首を傾げた。

「千恵蔵親分がそんなことを言っていたもんですから」

「え、千恵蔵親分が？」

「はい」

「いつ来たんだ」

近頃、見ていなかった。

「昨日、ちょっと顔を見せたんです。お前さんが荷売《にない》りに出ている間です」

「どうして、教えてくれなかったんだ」

「大した用事ではなかったので。ただ、私の体調が心配だっただけで」

「すぐに帰って行ったのか」

「ええ。探索の途中だと言っていました」

「探索？」

「鳥九郎さんのことをまだ疑っているようです」

「でも、それは……」

「私も、おやと思いましたが、何も言えませんでした。それに、茂平次さんとかいう方がご一緒だったようで」

「もしや、あの茂平次さんか」

「お前さんに虫眼鏡のことで頼まれていた方だそうで。探索も手伝っているようです」

「鳥九郎のことを知っていそうだったからな。それにしても、親分はそこまで執着しているのか」

複雑な気持ちになった。

「それに、茂平次さんも井上さまのところへ通うようになったそうです」

「あの人も？」

「太助に感化されたそうです。元々、千恵蔵親分が井上さまと同じ道場に通っていた縁で、ご紹介されたそうです」

「世の中、狭いもんだな」

「本当に」

「それにしても、茂平次さんも変わったお方だ」

千恵蔵のことで、面倒なことに巻き込まれなければよいと思った。しかし、小里にはそのことを口にしなかった。

それから数日経った。

太助は剣に取り憑《つ》かれたかのように、道場から帰ってきてからも、『足柄屋』の裏庭で素振りをしている。

長太も太助の姿を見て、「おいらも剣が習いたい」と憧《あこが》れを抱いているそうだ。

太助は空いた時に、長太に軽く教えている。何度か、長太が素振りをしているのを見ることもあった。

客足が途絶えた昼休み、長太が裏庭の陽が当たっているところで竹刀を振っていた。

与四郎は近寄って、

「お前さんも、剣を習いたいのかい」

と、きいてみた。

「はい」

「どうしてだ」

「おいらが強くなれば、おっ母さんも心配しないと思います」

「もうかどわかされないってことか」

「実際に、かどわかされてはないんですが」

長太は俯《うつむ》き加減に言った。

「まだ今泉さまや新太郎親分から話を聞かれるか」

「いえ、もうありません」

長太は首を横に振る。

新太郎はもうこの件を諦《あきら》めてしまったのだろうか。以前、葛藤《かっとう》していると言っていたが、本当に長太をこのままにしておくことで、解決できたのだろうか。

複雑な思いであったが、

「とりあえず、よかったな」

と、声をかけた。

「はい。ただ……」

長太が口ごもった。

「ただ？」

「おっ母さんがまだ心配していて」

「当たり前だ。お前さんが、またいなくなったらと思うのは誰でもそうだ」

「はい」

「おっ母さんの気持ちが迷惑なのか」

「迷惑というと、言葉が悪いですが」

「鬱陶《うっとう》しい？」

「少し」

長太は、素直に小さく頷いた。

「仕方ないのは、お前さんもわかっているだろう」

「それはもう」

「だったら、おっ母さんが安心するまで我慢するんだな。かどわかされたのではないなら、お前さんのせいなんだから」

与四郎は言った。きつい言い方だったのか、目の下が微《かす》かに震えた。

「でも、おいらもどこかで奉公をしなければならない年頃です。あまりおっ母さんの重荷になるようなことはしたくないんです。むしろ、おいらがおっ母さんを支えなければならないのではないかと」

「まだ九つだ。焦らなくてもいい」

「もし、ご迷惑でなければ」

「なんだ」

「いえ、何でもありません」

「言ってごらんなさい」

「おいらを雇ってもらえませんか」

「え？　お前さんを？」

意外だった。

「同じところで奉公すれば、おっ母さんもそれほど心配ではないのだろうと」

「そうかもしれないがね」

与四郎は怯《ひる》んだ。

「お筋さんには？」

「話しました。でも、ご迷惑をかけるかもしれないから、どうなのかと……」

「そうか」

与四郎はここでは、答えを出せなかった。

商売が終わり、与四郎は台所で包丁を研いでいる小里を見かけた。

「ちょっといいか」

後ろから声をかけた。

振り向いた小里の顔は、血色がよい。

「どうしました」

「長太のことだ」

「何かありましたか」

「いや、お筋さんが過度に心配し過ぎるとか、早く奉公に出たいからとか言ってきてな」

与四郎は前置きのように言うなり、

「奉公させてくれないかと？」

小里は言い当てた。

「お前のところにも来たのか」

「いいえ、そういう運びになるんじゃないかと思っていましたよ」

お筋がここで働き、倅の長太とは離れたくない。だが、奉公に出す年頃である。それなら、一緒に働けないかと考えるのは、至極当然のことではないか。

「お前さんも、そのつもりで雇ったのではないですか」

かえって、お筋だけを助けるつもりだったのかと苦笑いしている。

「賛成なのか」

「収支を見ましても、長太を雇うくらいは何とかなります」

「お前の薬代もこれからかかる。前回は千恵蔵親分が出してくれたが、次からはそうはいかないだろう」

「それが……」

小里が曖昧《あいまい》な顔をする。

「もしかして、また親分が出すと？」

「もうだいぶ先まで払ってくれたようです」

小里は顎先《あごさき》を引いた。

「どうして言ってくれなかったんだ」

与四郎は強く出た。

「だって、親分の名前を出したら嫌がるでしょう」

「そんなことはない」

「今も不愉快そうに」

「また借りを作ってしまうからだ」

与四郎は言い被《かぶ》せた。

たしかに、小里の言うとおりかもしれないが、素直に認められなかった。

「親分の意志は強いです。こちらがあだこうだ言っても、無駄なんだと」

「受け入れろと？」

「恩は後で返せばいいではありませんか。きっと、親分も困るときがあります」

「そうかもしれないが」

何という言葉を投げかけようか迷っていたら、「それより、長太のことです」と、小里が話を戻した。

「奉公させてやるべきか」

「はい」

「何をさせればいい」

「まだ太助がここに来たばかりの頃にさせていた事と同じでいいじゃありませんか」

言われてみれば、太助の時も、元々は奉公人を探していたわけではなく、たまたま同郷で貧しい子が江戸で奉公を望んでいるというので、与四郎が引き受けることとなった。

店の間へ行くと、お筋が算盤《そろばん》を弾《はじ》いて帳簿をつけている。その横に、長太がいる。まるで、算術の勉強をするかのように、お筋の手元をじっくりと見ていた。

「長太、さっきの話だけど」

与四郎が改まった声で声をかける。

長太は背筋を伸ばした。お筋も手を止め、顔こそ向けないが、耳を傾けているようだった。

「お筋さん。あなたにとっても、大事なことだ」

与四郎は気を遣って言う。

「はい」

お筋は体ごと、与四郎に向けた。

「小里とも話したが、お前さんにもうちで働いてもらおうと思う」

与四郎は長太に告げた。

「本当ですか」

ふたりとも、眉《まゆ》をあげた。長太も喜んでいるが、お筋の方が嬉しそうだった。

「さっそくだが、ちょっと付いてきてくれるか。店のことをざっとに教えるから」

与四郎は長太だけを呼んで、店の案内をした。長太の目は、さっきお筋の算盤の手元を見るのと同じであった。

三

長太は与四郎の傍《そば》につき、よく学んだ。

新しく入ってきた長太について、客からの評判がよかった。まだ九つということもあるが、長太は人を惹《ひ》きつける顔をしている。肌が白く、きめ細かくて、まん丸い瞳《ひとみ》で、女の子のような可憐《かれん》さがある。

笑顔で接客をしている長太を見ると、たしかに、皆が可愛《かわい》がってくれるのがわかる。

愛想がよく、

「とてもお似合いです」

と、長太が言うなり、客は頰《ほお》と同時に財布の紐《ひも》を緩める。ただ褒めるだけでなく、こっちの色の方が肌が明るく見えるだとか、目元が映えるなど、どこで覚えたのか気の利いたことも言った。

与四郎もただただ驚くばかりであった。

その上、長太は勘定が早い。

与四郎が算盤を弾いている途中で、「いくらいくらです」と言う。実際に計算してみると、それが合っている。

「どこで覚えたんだ」

そうきくと、

「おっ母さんのを見て覚えました」

長太は当たり前のように答えた。

「教えたわけではないのですが」

勝手に覚えたと、お筋は言った。

才能だ。

与四郎は思った。小里に伝えると、「あの子を奉公させてよかったですね」と慈愛に満ちた温かい目をする。

仕込めば、もっと才覚を発揮するだろう。

「もし、もっと仕事を任せられれば、お前さんにゆっくりしてもらえるな」

小里の負担を減らせるのではないかと思うと、何よりも嬉しかった。

だが、小里は何を言っているのかとばかりに笑い飛ばし、

「私も一商家の内儀として、ちゃんと店に立たなければなりませんから。ゆっくり、店の者たちに何でもさせようなんて思っていませんよ」

と、淡々と言った。

「だが、しこりが……」

「お薬もあります」

「無理をすれば、いくら薬があろうとも悪化する」

「ほどほどに頑張りますよ」

小里は自分もこうしてはいられないとばかりに、張り切った声を出した。元気そうに見えて、無理をしているのではないかと、かえって心配になった。

そんな話をしていると、長太がやってきた。

「旦那さま、お客さまです」

長太の顔は曇っていた。

何かおかしいと思いながらも、

「どなただい」

と、尋ねた。

「茂平次さんという」

「ああ、あの方か」

与四郎は頷いた。

「長太、どうしたんだい」

「いえ、何にも」

「茂平次さんが千恵蔵親分と共に、鳥九郎さんを疑っていることを知っているんだね」

「え、まあ……」

「心配ないよ。あの人は、他のことで来たのだから」

与四郎は『長崎屋』から頼まれたオランダの虫眼鏡のことを話した。長太は『長崎屋』も、オランダも、言葉を耳にしたことはあっても、何のことなのか、わからないという顔をしている。

「ともかく、お前さんのこととは無関係だ」

与四郎は言い残して、裏口へ向かった。

茂平次は背筋を伸ばして待っていた。

顔には、笑みが溢《あふ》れている。

「ご無沙汰《ぶさた》しております」

茂平次から頭を下げてきた。

「こちらこそ。頼みっぱなしで」

「それですが」

茂平次は懐から虫眼鏡を取り出した。しかし、どことなく、形が違う気がした。

「これが、その虫眼鏡ですか」

与四郎はきく。

「いえ、別物です。しかし、オランダの最上級のものでして」

じっくり見るように勧めてきた。

与四郎には品定めができない。

装飾はなく、いたって簡素なものだ。

「出島の知り合いから送ってもらいました。『長崎屋』で売っていたものよりも、上等なものだそうで、もしかしたら、川路さまはこちらの方がお喜びになるかもしれないと」

茂平次は自信満々に言う。

「しかし……」

勝手に違う品を用意するのは、与四郎のやり方に沿わない。川路のことを知らないが、おそらく、『長崎屋』で売っていた品が欲しいのだろう。

困った表情をしていると、茂平次はお構いなく話を続けた。

「よろしければ、私が川路さまにこちらをお届けに参ってもよろしゅうございますよ。違うものだと言われても、もっとよい品だと説明することもできます故に」

そうさせてくれ、と言わんばかりに、前のめりであった。

「私も長崎屋さんから頼まれておりますので、判断することはできません」

与四郎は断った。

すかさず、

「これから私が長崎屋さんに確かめてきましょう」

と、茂平次は独断で言い、反論の隙《すき》を見せなかった。

「それでは、また」

茂平次はさっさと帰っていった。

その様子がやけに奇妙であった。

翌日、与四郎は『長崎屋』へ行った。

主人の源右衛門は茂平次がやって来たことを教えてくれた。

「申し訳ないが、違うものは……」

源右衛門が困ったように言った。

「茂平次さんが来ていましたか。実は、あれはあの人が勝手に進めただけでして」

「勝手に？」

「以前、田原藩の渡辺さまに虫眼鏡を知らないかとききに行ったのです。そしたら、鈴木春山さまという兵学者もご一緒で、もしかしたら手に入れられるかもしれないと仰ってくださいました。その鈴木さまの御用聞きをなさっているのが、茂平次さんだったようです」

「そういうことだったのか。お前さんらしくないとは思っていた」

源右衛門が苦笑いする。

「それで、茂平次さんはどうなりましたか」

「川路さまにお尋ねしてみると言っていたが、迷惑になろうから止《や》めた方がいいと忠告をした。だが、あの様子だと……」

もう行っているかもしれないとばかりに、意味ありげに首を傾げる。

「ともかく、私はもう一度、渋川さまのところへ行ってきます。どこを当たっても見つからないようであれば、来てくれと言われておりましたので」

与四郎はそう言って、浅草片町裏の天文台へ向かった。

昼頃になると、もう汗ばむ陽気であった。

天文台の裏手へ行くと、ある老人の姿が目に留まった。

紋付きの羽織を着ているが、使い古された着物で見窄《みすぼ》らしい格好をした六十半ばぐらいの男が見えた。しみの多い黄ばんだ肌に、彫りの深い顔だった。

思わず見入ってしまった。

男は与四郎に気がつき、

「なんでしょう」

と、きき返してくる。

どことなく、警戒した言葉遣いであった。

「悪気はございませんで。申し訳ございません」

与四郎は素直に謝った。

「近頃、変に疑われることが多いので、気になりまして」

こちらこそ申し訳ないとばかりに、男は頭を下げてきた。

「疑われる？」

「全く身に覚えのないことですが、かどわかしをしただとか……」

男はため息をついた。

「もしや、あなたは鳥九郎さんでは？」

与四郎は声をかけた。

「えっ」

鳥九郎は肩をすくめた。

「やはり、そうなんですね。あなたを追ってここに来たわけではないのですが、いまあの長太が私の元で奉公をしています」

「だったら……」

堅い口調で続けようとしたところを、

「新太郎親分からは、鳥九郎さんの仕業のはずがないと聞いております。それに、長太もかどわかしではなく、自らの意思で家を出たと言っていたので、その言葉を信じています」

与四郎は安心させるように告げた。

まだ、鳥九郎はこわばった面持ちであった。

「千恵蔵親分や、茂平次さんといった方が妙に疑っているそうですが」

「茂平次？」

「ご存じないのですか」

「さて」

鳥九郎は首を傾げる。

「長崎の方で、地役人をしていたとか」

「なんか、そんな人がいたような気もしますが」

「覚えていませんか」

「あまり……」

茂平次は以前、鳥九郎から子どもに関する儲け話に誘われたと言っていたが……。歳《とし》のせいで、物覚えが悪くなっているという訳ではなさそうだった。

鳥九郎は急に考えるのを止めたのか、与四郎を改まって見た。

それから、

「長太はなんでひとりで家を出て行ったんでしょう」

と、きいてきた。

「父親に会えると思ったそうで」

「絹助さんに？」

「そうです。もう亡くなっているのですが、母親のお筋さんはついこの間までそのことを伝えていませんでした。それに、伝えた後でも、やはり絹助さんが生きている気がするというんです」

「……」

鳥九郎は深い目元に皺《しわ》を寄せて、考え出した。虚空の一点を見つめ、口元がわずかに動く。

その時、裏門から天文方、渋川景佑が出てきた。

「前山《まえやま》先生」

渋川は鳥九郎をそう呼んでから、与四郎に目を向けた。

渋川は五十代、鳥九郎は六十五歳。年齢的には鳥九郎が上だが、立場は渋川の方が遥《はる》かに上だ。

「足柄屋までおるではないか」

示し合わせてきたのか、と言わんばかりに、渋川は見てくる。

「たまたまお会いして」

与四郎が言うと、

「あの件で、心配してくださりましてな。長太という中山道で見つかった男の子が、いま『足柄屋』で奉公をしているそうです」

鳥九郎が口を挟んだ。

「はい」

与四郎は頷く。

「そうか、前山先生のことを」

渋川は親しみのある笑みを見せた。

どうやら、前山というのは鳥九郎がまだ鳴滝塾で学んでいた時に名乗っていた姓らしい。もちろん、町人には姓が許されない。医者としての屋号のように付けた名前だそうだ。

ただ、鳥九郎の先祖は、戦国の世まで遡《さかのぼ》れば、関《せき》ヶ原《はら》の合戦で西軍側についた大谷《おおたに》吉継《よしつぐ》の馬廻《うままわ》り役を務めていたそうで、その頃の姓を名乗っているという。

「その姓で呼ぶのは、渡辺先生や、高野先生など数少ないですよ」

鳥九郎は告げた。

それから、与四郎と鳥九郎が交互にしゃべり、状況を伝えた。

渋川は威厳のある風格で、じっくりと話を聞いていた。

「与四郎」

「はい」

「くれぐれも、前山先生を偏見の目で見ないでもらいたい」

「それはもう」

与四郎は答えてから、

「ただ、千恵蔵親分と茂平次さんが……」

「実際に、なんと言っているのだ」

「駒込追分から板橋宿の間で、鳥九郎さんと長太が一緒にいるところを見たものがいると」

「それは、何かの勘違いであろう」

「あと、茂平次さんは鳥九郎さんから以前、子どもに関する儲け話に誘われたと言っておりました」

「子どもに関する儲け話？」

「詳しいことは聞いていないと言っていましたが」

与四郎は、恐る恐る鳥九郎を見た。

鳥九郎には何か思い当たる節があるのか、片眉をあげた。

「先生」

「はい」

「思い当たる節は？」

言ってくださいとばかりに、鳥九郎を見る。

「ほら、例の件で」

鳥九郎が低い声で言う。

「あれですか」

渋川が頷く。

与四郎はきょとんとした顔をするしかなかった。まさか、渋川が悪事に手を貸すとは思えない。だが、他人にはあまり教えたくないことのような気がして、深くはきかなかった。

誤魔化すかのように、

「子どもに蘭学を教えようとしていたことだ」

と、渋川は付け加えた。

「ともかく、蘭学というだけで毛嫌いする方々がいる。だから、あまり大ごとにはしたくない」

「誰にも言いません」

「すまぬな」

渋川は目で合図をして、

「それより、わしに何か用であるか」

と、きいてきた。

「鳥九郎さんがお先でございますので」

与四郎は鳥九郎に向かって、手のひらを差し出した。

「私は後程で」

鳥九郎が譲ってくれた。

与四郎は礼を言ってから、鳥九郎の前で少し憚られたが、あの虫眼鏡の件を話した。

渋川は考えておくと答えた。

あまり長居しては、鳥九郎にも申し訳ないと思い、足早にその場を離れた。

（あの人がかどわかしをするなど考えられない）

なんとなく、そう感じた。

四

その日の夜、『足柄屋』に渋川の使いが文を持ってやって来た。話したいことがあるから、近いうちに天文台へ訪ねてきて欲しいとのことだった。本来であれば、直々に出向かなければならないが、仕事が立て込んでいて、深川まで来る余裕がないということ。

与四郎は、それを読むとすぐに駕籠《かご》で向かった。

客間に通されて、少し待つと渋川がやって来た。

「すまぬな」

この様子では、虫眼鏡のことではなさそうだった。

与四郎は向こうから話を切り出してくるのを待った。

「単刀直入に申すと、前山先生を助けて欲しい」

「鳥九郎さんを助ける？」

「いま、岡っ引きに疑われている」

「千恵蔵親分ですよね。新太郎親分や今泉さまは関係ありません。勝手に動いているだけだそうで」

「だが、千恵蔵に疑われたままであれば、いずれ無実の罪でとらえられてしまうやもしれぬ」

渋川は用心しているようだった。

シーボルト事件の影響で、兄の高橋景保《かげやす》は獄死、その後高橋家の者は連座して、処罰されている。渋川家に養子入りしていた景佑はなんとか連座を免れ、いまも天文方として勤めているが、安心できないと以前言っていた。

「鳥九郎さんをお助けになるというのは？」

「千恵蔵の探索を完全に終わらせて欲しい」

「そこまでする必要がありますかね」

考えすぎだと、与四郎は思う。

だが、渋川にそのことを説いても納得しなかった。

いつもは理路整然と話をするのに、この時に限っては、「ともかく、先生を助けたいのだ」としか言わない。

「どうして、そこまで鳥九郎さんを気になさるのですか」

与四郎はきいた。

「これまでずっと助けてもらっていたからだ」

金銭的な面でも微力ながら、面倒を見てくれたという。さらに、渋川が天文方として復帰できるように方々の学者などに檄文《げきぶん》を書いてくれたともいう。

「だから、あの方がお困りの今こそ、お助けしたいのだ」

渋川は強く言った。

「そうですか……」

与四郎が言葉に迷っていると、

「それに、二十五年前のかどわかしで誤解されているが、自らの欲望を満たすためにしでかしたわけではない」

と、渋川は付け加えた。

「え、あのかどわかしは実際にあったのですよね」

「そうだが」

渋川は言いにくそうにした。

理由を知りたいと頼んだ。そうでなければ、救うこともできないと付け加えた。他言して欲しくないという相手の条件を聞き入れた。

「あのかどわかしには、訳がある」

渋川は前置きをする。

少し考えこんでから、再び与四郎を見つめた。

咳払《せきばら》いをして、

「子どもに猥褻《わいせつ》なことをすることが目的ではなく、国家の大事を託せるような人物を子どものうちから仕込んでおこうと考えていたのだ」

と、告げた。

あまりに大ごとであり、与四郎は一瞬、相手が何を言っているのか理解できなかった。

「つまり……」

口ごもっていると、

「私はその件には絡んでおらぬが、兄の景保や、他の蘭学を学ぶ者たちが同志を作って結成したそうだ。その手始めに、先生が絹助に目をつけた。なかなか利発な子で、しかも顔がいい」

鳥九郎は絹助を見た瞬間に、この子だと思ったらしい。

「たしかに、家族のことなどを考えずに、連れ去って教育しようとしたのは強引すぎた。だが、それくらい必死でこの国のことを考えていた」

渋川はどことなく庇《かば》うように言った。

「国家のことは、私は全くわかりませんが」

理由はどうあれ、絹助の心に多大な傷を負わせたことは事実だと告げた。

「その通り」

「ともかく、前山先生はずっと後悔している」

渋川は頷く。

「でも、また方々で子どもに声をかけているとか」

「期待できそうな子どもを探しているそうだ。それだが、なかなかいないという」

「まだ子どものうちに、その子が将来、国を託せるほどの大物になるかどうか、わかるものなのでしょうか」

「わかる」

「そういうものでしょうか」

与四郎には、到底、学者のことは理解できない。

渋川は咳払いした。

「ともかく、今回も先生がやったのではない。だが、先生も素直に奉行所に答えられないこともある」

「隠していることがあるのですか」

「ああ」

「もしや、千恵蔵親分はそれをご存じで？」

「そのことも考えられる」

だから、探ってきてはもらえないか、と渋川が頼んできた。

「その折には、あの物をお返ししよう」

渋川が帯に挟んでいた虫眼鏡を取り出した。

また面倒なことになった。小里が嫌がりそうなことである。しかし、渋川が頼んでくるというのは、余程のことなのだろう。

「鳥九郎さんを信用してもよろしいのですね」

「もちろん」

「では、鳥九郎さんが隠していることというのを教えてください」

与四郎は、真っ直ぐな目で渋川を見つめた。

渋川は視線を斜め上に据える。

それから、「聞いてみる」と答えた。

与四郎も、それ次第で返答をすると返事をした。


翌日の夜、与四郎が近所の会合を終えて『足柄屋』へ帰ると、「お前さん、鳥九郎さんという方が来ています」と、小里が言った。

客間に待たせているという。

与四郎はすぐに客間へ行った。

紋付の羽織で、余所行《よそい》きの姿の鳥九郎がいた。

「見間違えました」

思わず、与四郎は正直に口にした。

「先ほど、渋川さまとお話をしました。これからお話をすることは他言しないでいただけますかな」

「ええ」

与四郎は頷く。

鳥九郎は大きく息を吸ってから話し出した。

「七年前のことです。ご承知の通り、渋川さまが幕府から疑いの目をかけられていました。その頃、ある旗本の次男、といってもやくざ者のような男ですが、そいつが渋川さまのことを脅していました。まあ、その内容というのはありもしないことを幕府に言えば、渋川さまは反逆の罪で捕まるだろうとのことです」

鳥九郎は息継ぎをして、

「渋川さまは毎月、その男に金を払い続けました。いくら、好き勝手している男でも、親は旗本で、変な吹聴をされたら、兄のこともあり、牢《ろう》に入れられることは逃れられないと思ったのでしょう。それに、その男も払えない金を請求してくるわけではありませんでした」

さらに、続ける。

「そんな折、絹助さんが渋川さまのお宅の畳替えに行きました。渋川さまは私が絹助さんを連れ去ったことを知っていました。その上で、畳替えを頼んでいたのです。それはともかく、たまたま、旗本の次男が渋川さまを脅しているのを見て、絹助さんは我慢できなくなったのでしょう。その男に注意をしました。渋川さまはもめ事を起こしたくないと言いましたが、絹助さんはすでに頭に血が上っていたのか、聞く耳を持ちませんでした。渋川さまのお宅の裏庭でもみ合いになりまして、運悪く、男は足を滑らせて、庭石に頭を打ち付けて死んでしまいました」

ここまで一気に話した。

与四郎は思わず、聞き入った。

鳥九郎も体に力を込めているようで、拳《こぶし》をきつく握りながら、前のめりになっていた。

「絹助さんは自訴しようと考えましたが、渋川さまが止めました。相手は旗本の次男です。それに、その当時の幕閣で出世をしている方でした。絹助の死罪は免れないだろうと」

「あの人なら、それを受け入れそうな……」

「その通りです」

鳥九郎が頷いた。

「ですが、渋川さまが心配していたのは、ご家族のことです。一生、人殺しの女房や子どもという肩書がついて回ります。絹助さんも自分は死ぬことがあっても、家族だけは平穏に暮らして欲しいと願っていました。それで、渋川さまが私を頼ってきたのです」

「失礼ですが、絹助さんの反応は？」

「私を見るなり、頭を抱えていました。ですが、渋川さまが色々と説得してくださりました。猥褻をする目的で連れ去ったわけではないこと。度が過ぎていたが、国家のためを思っての行動だったこと。渋川さまのおかげで、完全に納得したわけではなかったでしょうが、受け入れてくださいました」

それから、改まった声で、

「まず、死体は私が始末しました。そして、口裏を合わせて、絹助さんが誤って殺してしまった当日に、渋川さまの仕事を引き受けていないことにしました。死んだ男は渋川さまから金をせびっていることを周囲に漏らしておらず、当日もどこへ出かけるか言っていなかったようです。ただ、男の悪友たちが行方を捜しているということを耳にして、なぜか絹助さんにも話をききに来ていたようです。万が一露呈《ろてい》するといけないので、すぐに江戸を離れてもらい、お伊勢参りに行ったまま行方知れずになったことにしました。その後の面倒は伊勢にいる知り合いの学者たちに文《ふみ》を書き、絹助さんのことを託しました」

と、告げた。

「では、絹助さんは生きていると」

「はい」

「今は何をされて？」

「伊勢神宮の御師《おし》として、奥州《おうしゅう》と伊勢の行き来をしています。その途中、江戸に寄ることがあって、おそらく家族のことが心配でこっそり様子を見に行くこともあったのでしょう」

「その時に、長太が絹助に気づいた……」

「おそらく」

「それで、長太は絹助さんに尾いていった」

与四郎の中で、繋がった。

誰にもかどわかされていないというのも確かだし、自らの意思で中山道を進んだのも嘘ではない。

ただ、尾けていった男が父親かもしれないということを口にできなかったのだろう。鳥九郎がいなくなった時、長太はまだ二歳だったはずだ。だが、父親かもしれないということは勘づくのだろう。

「私はどんな罪に問われても構いません。ただ、私が捕まることで、絹助さんにも害が及ぶことは避けたいです」

　鳥九郎が付け加えた。

「よくわかりました」

　与四郎は大きく頷いた。

　だが、どうすれば千恵蔵からの疑いを晴らせるのか、策は立っていない。だが、鳥九郎から聞いたことを告げれば、千恵蔵ならわかってくれるはずだと、与四郎は思った。

　翌日の朝、与四郎は新太郎の元を訪ねた。

　ちょうど、出かけるところだった。

「親分、よろしいですか」

「急ぎのようだな」

「夕方にまた来ても構いません」

「いま聞こう。小里のことか」

「いえ」

「では、千恵蔵親分のことか」

長太に対する詮議はすでに終わっているし、また掘り返すこともないと付け加えていた。

新太郎が決め込んでいった。

「長太だな」

「関わりがあります」

与四郎はどこから話そうか迷いながらも、

「親分ならお情けをかけてくださると思いまして」

と、前置きをした。

「なんだ」

目が急に厳しくなった。

「鳥九郎さんはまだ話していないことがあります。それは自身の身のためではなく、絹助さんを助けるためでもあるのです」

「言ってることが、よくわからねえが」

「これは、鳥九郎さん本人から聞きました」

与四郎は渋川の名前も出し、鳥九郎が過去にかどかわしたのは猥褻目的ではなかったこと、絹助が人を殺《あや》めてしまったこと、それを逃してあげたのが鳥九郎だと話した。

「とすると、絹助は生きていると」

「伊勢神宮の御師だそうです」

「やはり、そうか」

新太郎は頷いた。

すべてが繋がったかのように、もう一度「そういうことだったのか」と呟き、膝《ひざ》を軽く叩《たた》いた。

「親分は、すでに知っていたのですか」

与四郎はきく。

「事情はまったく知らなかった。だが、長太が伊勢神宮の御師に尾いて中山道を上っていったことまではわかっていた。そして、それが絹助ではないかとも思っていた」

「さすが」

与四郎はそこまで探索が及んでいたことに驚いた。

ふと、千恵蔵もそこまでわかっていたのではないか、と思った。

「千恵蔵親分はお伊勢参りでの絹助さんの失踪《しっそう》に鳥九郎さんが絡んでいることに気づいていたのでは？」

与四郎は口にした。

「どうもそうらしい。親分はその真相を摑もうと鳥九郎を執拗《しつよう》に追っていたようだ。千恵蔵親分は長太のことで鳥九郎を追っていたわけではなく、狙いは絹助の失踪のほうだったようだ」

新太郎は間を置き、

「じつは千恵蔵親分がこう言ったんだ。本庄茂平次は何らかの狙いがあって鳥九郎を貶めようとしている。茂平次には気をつけろと」

と、厳しい顔で口にした。

「何らかの狙い？」

「鳥九郎の件を利用して、自分をどこかに売り込もうとしているのかもしれないと。いずれにしろ、茂平次には注意をすることだ」

「わかりました」

「ともかく、千恵蔵親分のほうはもうだいじょうぶだ」

「そうですか」

「今後のことだが、俺はあくまでも、絹助の過去は知らなかったことにする。その上で、進めていた考えがある」

「進めていた考え？」

「お前さんだけに言うが……」

新太郎は声を忍ばせた。

五

四月十日。

雲一つない、晴れた青空が広がる。風が強く、江戸の町はいつになく砂埃が舞っていた。

新太郎は昼過ぎに、『足柄屋』にやって来た。

待ってましたとばかりに、与四郎が奥の間に通す。

すぐに長太とお筋を呼んできた。

新太郎はふたりとは半月ぶりに会う。お筋は折り目正しく挨拶《あいさつ》をしたが、長太は恐がるように、お筋の後ろに隠れた。

「もう詮議はしない」

新太郎は告げた。

それでも、長太の表情は固いままだ。

「ちょっと、一緒に来てくれないか」

新太郎は、どこへとは言わずに誘った。場所を教えたら、あれこれ言ってきそうだ。どうせ、そこへ行けばすべてがわかる。

それまでは詳しいことは告げないでおくつもりだ。

だが、案の定、お筋が行き先を尋ねてきた。

「お前さんたちに会わせたいひとがいる」

これは、嘘ではない。その人物が問題なのだが、それをここでは言わなかった。

「会わせたいひと？」

お筋の頭のなかで、いろいろな考えが巡っているようであった。

「茂平次さんという人だけは嫌です」

長太が憚るように、口を挟んできた。

「茂平次？」

「千恵蔵親分と一緒に探索をしているという。お知り合いではないのですか」

お筋が意外そうに、きいてきた。

「俺の知り合いじゃねえ。そもそも、千恵蔵親分は勝手に調べているだけ。何度もいうが、奉行所ではかどわかしはなかったと判断されてる」

それを聞いたふたりは、幾らか安心したようだった。

だが、まだ警戒している様子だった。

その時、小里が入ってきた。与四郎から話を聞いているに違いない。

「お筋さん」

小里が呼びかける。

「はい」

お筋が向き直った。

女同士だけで見せるような表情で、言葉は少ないながらも、行った方がいいと説いてくれた。

小里はお筋の説得が済むと、今度は長太にも説明した。

「親分は、お前さんのことを考えてくださっているんだよ。ただ、行くだけは……」

「そうですが……」

「男の子が、そんなめそめそしていてはいけませんよ。太助はいつも堂々としているでしょう。物怖《ものお》じしないで、どんなところにも顔を出すからこそ、日比谷さまや井上さまなどお偉い方々にも認められているのよ」

小里は太助を引き合いに出した。

すると、長太が重い腰をあげた。

「よし、行くぞ」

新太郎はふたりを連れて、『足柄屋』を出た。

出かけ際、小里がお筋の手を握りながら何やら言っていた。新太郎に向ける目に、「ふたりをお願いします」という気持ちがこもっているようであった。

道中、ふたりは新太郎にどこへ行くのか度々尋ねてきた。

「行けばわかる」

最初はそう答えたが、納得いかないのか、少ししたらまたきいてくる。

「小日向だ」

「小日向……」

長太が先に反応した。

「水道町ですか」

「そうだ」

「『伊勢屋』に？」

「ああ」

新太郎は頷いてから、

「『伊勢屋』のことをどうして知っているのだ？」

と、きいた。

「あるひとが、『伊勢屋』のことを話していたんだ」

長太は呟《つぶや》くように言った。

向かい風が強く、ところどころ、声がかき消される。新太郎に聞こえないところで、母子《おやこ》がなにやら話しているが、振り向くと不安そうな顔をしている。

「心配するな」

それだけしか、言えなかった。

実際に、ふたりにとって悪いことなどない。

そう決め込んできた。

やがて、小日向水道町の『伊勢屋』に到着した。

母子は暖簾《のれん》をくぐるのを躊躇《ためら》ったが、新太郎が「さあ、入りなさい」と促した。土間に入ると、『伊勢屋』の主人が迎えてくれた。

「お待ちしておりました。さあさ、こちらへ」

手引きを受けて、一階奥の客間へ通された。

新太郎も付いていく。

「すぐに戻りますので」

主人は言い置いて客間を出ていった。

母子は何がなんだかわからない風に、目をきょろきょろさせていた。

「一体、どういうことで……」

お筋がきいた。

「だから、会わせたい人がいると」

それ以上話す前に、廊下から足音が聞こえ、やがて襖《ふすま》の前で止まった。

「失礼いたします」

主人の声がかかる。

新太郎は膝を後退させた。

襖が、するりと開く。

中庭から朗らかな陽射《ひざ》しが、客間に差し込む。逆光のなかに、中肉中背の男の姿が映る。頰《ほお》がやつれているが、はっきりとした目に、鼻筋の通った顔であった。

伊勢神宮の御師、玄徳である。想像していた中山道で追っていた男よりも、遥《はる》かにはっきりとした顔立ちである。

玄徳はふたりを見てから、

「あっ」

と、顔を伏せた。

新太郎は動じない。

（やはり、そうだったか）

お筋は目を丸くして、わなわなと唇が微《かす》かに震え始めた。

玄徳は逃げたそうにしていたが、『伊勢屋』の主人が行く手に立っている。

「もう正直に打ち明けてもいいのでは？」

主人が諭《さと》した。

「……」

どうして、こうなったのかとばかりに、玄徳はきょとんとしている。

「新太郎親分の推測を聞き……。しかし、それ以前に、玄徳さんがこの母子のことをやたらと気にかけているので、もしやと思いました」

主人は淡々と答える。

「やはり、おじさんがお父つぁんなんだろう」

長太が迫った。

「私は……」

玄徳が震える声を出した。瞳《ひとみ》の奥が濡《ぬ》れている。

お筋と顔を見合わせる。

言葉はないが、互いに長年の気苦労を察しているような目つきであった。

「私が父親だと、なぜ思ったんだい」

玄徳が目を落とした。

「訳なんかない。すぐに察したんだ」

「察した？」

「正直、お父つあんの顔すら覚えていなかった。声だって、もちろんわからない。でも、なんとなくわかったんだ」

理屈になっていないが、新太郎には妙に納得できた。

「すまない」

玄徳が頭を下げる。目尻《めじり》に溜《た》まっていた涙が、ぽつんと落ちた。

その時、玄徳という御師から長太の父親である絹助に明らかに変わった。そして、お筋の亭主にもなった。

なぜ、江戸を離れることになったのか。

新太郎は水を差すことはしなかった。

『伊勢屋』の主人と共に、家族三人だけにしてやった。

翌日、お筋が新太郎の元にやってきた。

「うちの人は、やむを得ない理由で江戸を離れたそうです」

「うむ」

「知っていたので？」

「詳しいことは知らねえ」

もし、これを知っているとなれば、絹助を調べなければならない。新太郎が含みを持たせたことに、お筋は気づいたようだった。

「親分、ありがとうございます」

お筋は深々と頭を下げた。

それから、新太郎は鳥九郎とも改めて会った。

「すまなかった」

新太郎はまず、頭を下げた。

「それは、何に対しての」

鳥九郎は急なことで、驚いているようだった。

「もう幸手に墓参りしてきてもいい」

「よろしいので？」

「もう何の疑いもない」

「でも、あの時のことで、あっしだけでも罪に処せられるのであれば」

「あの時のこと？」

新太郎は惚《とぼ》けた。

「本当に、なにもなかったことにしてよろしいのですか。そこまで知ってしまったからには……」

鳥九郎は口ごもりながら言った。

「え？」

「お前さんに、思い知らされた」

「世の中、善《い》い悪いで決められねえな」

「……」

「ともかく、お前のおかげで、絹助、お筋、そして長太が再び一緒に暮らせそうだ」

新太郎は懐から三両を取り出した。

「少ねえが」

「受け取れません」

「俺も迷惑をかけたから」

「親分は何にも」

「じつは、これは千恵蔵親分からだ」

「千恵蔵親分が……」

「そうだ。この金で、改めて墓参りに行ってもらいたいと言っていた」

やがて、鳥九郎は大きく頷き、

「そこまで仰《おっしゃ》るなら、お言葉に甘えて今日のうちにでも旅支度をして、江戸を発《た》ちます。でも、金は借りようと思えば、お貸し頂ける方もいらっしゃるので」

と、三両を丁寧に断った。

「そうか。わかった」

誰から借りるのか、とも聞かなかった。

「どうか千恵蔵親分によろしくお伝えください。それから与四郎さんにも」

鳥九郎は深々と頭を下げた。

もしかしたら、江戸に帰ってこないかもしれないと、新太郎は何となく感じた。

それからひと月して、江戸に絹助がひっそりと戻ってきた。そのことを知っている者は、ごく少数に限られた。お筋と長太は続けて、『足柄屋』で働くことになった。
絹助はもう一度、畳職人として腕を振るいたいと言っている。
ちょうどその頃、もうひとつ報《しら》せが届いた。
幸手からだった。
鳥九郎が首を括《くく》って死んだとのことだった。
遺書が残されており、「因果応報」とだけ書かれていたそうだ。
享年、六十五。
不思議と、死に顔は幸せそうだったという。

本書は時代小説文庫（ハルキ文庫）の書き下ろし作品です。

時代小説文庫
こ 6-43

お伊勢参《いせまい》り 情《なさ》け深川《ふかがわ》 恋女房《こいにょうぼう》

著者　小杉健治《こすぎけんじ》

2024年2月18日第一刷発行

発行者　角川春樹

発行所　株式会社 角川春樹事務所
〒102-0074 東京都千代田区九段南2-1-30 イタリア文化会館

電話　03(3263)5247[編集]　03(3263)5881[営業]

印刷・製本　中央精版印刷株式会社

フォーマット・デザイン&シンボルマーク　芦澤泰偉

ISBN978-4-7584-4618-1 C0193

http://www.kadokawaharuki.co.jp/[営業]
fanmail@kadokawaharuki.co.jp[編集] ご意見・ご感想をお寄せください。